「しっかり掴まっていろ。
俺が救い出してやる」
JN126408
Illustration :
Haru Suzukura

セシル文庫

モブなのに、愛されフェロモンのせいで異世界の王子に求婚されています

川崎かなれ

イラストレーション／鈴倉 温

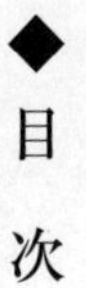

目次

この作品はフィクションです。
実在の人物・団体・事件などに
一切関係ありません。

モブなのに、愛され フェロモンのせいで異世界の王子に求婚されています

プロローグ

青く晴れ渡った空に、純白の花が雪のように舞い散る。

リーンゴーンと響く鐘の音。

喝采（かっさい）に包まれながら、ぼくはこの国の王子に手を引かれて、真っ白な花々の溢れる祭壇の前へと連れて行かれた。

「どこの世界でも、『結婚＝（イコール）白』のイメージなんだな……」

なんて、暢気（のんき）なことを考えている場合じゃない。

ダメだ、このままじゃぼくは、本当に輿入（こしい）れすることになってしまう。

逃げなくちゃ。

今すぐ逃げ出さなくちゃ。

そう思うのに、ぼくの手を握りしめる王子の手はとても大きく、力が強くて、どんなに頑張っても、振りほどけそうにない。

「カナタ、今日もすばらしく、いい匂いがするな」

首筋に顔を埋められ、「ひぁっ」と変な声が出た。

王子は長身でスタイルがとてもよく、顔だちも整っているけれど、イケメンなら、なにをされても許せるってわけじゃない。

彼が気に入っているのは、ぼくの内面でも容姿でもなく、ぼくの『匂い（フェロモン）』なのだ。それだけでぼくに執着し、配偶者にしようとしている。

首筋に鼻先を押しつけるようにして匂いを嗅がれ、ぞわっと全身に鳥肌が立った。

「さあ、皆の前で誓いのキスをして、我々の愛を見せつけてやろう」

腰に腕を回して抱き寄せられ、唇を近づけられる。

嫌だ。離せ！　そう叫べたら、どんなにかいいだろう。

だけど、ぼくらの周囲には、ずらりと衛兵たちが並んでいて、ぼくが王子を突き飛ばしたりしたら、きっと不敬罪で捕らえられてしまう。

この婚姻を拒めば、処刑されてしまうかもしれないのだ。

ぎゅっと目を閉じ、身構える。唇に王子の吐息を感じ、絶望的な気持ちになったそのとき——。

「カナタ！」

聞き慣れた声で名前を呼ばれ、ふわりと身体が宙に浮いた。

「わぁっ……！」

なにが起こったのかわからず、慌てて目を開く。すると、すぐそばに王子ではなく、別の男の顔があった。

「アーロン!?　どうしてここにっ……」

「どうしてって。お前は、あの男と結婚したいのか？」

浅黒く日に焼けた精悍な顔だち。ぼくを抱き上げたアーロンは、形のよい眉を片方だけ吊り上げて問いかけてくる。

「い、いやだっ。絶対に結婚したくない……！」

王子は、ぼくを誘拐して監禁し、強引に結婚しようとしている身勝手な男だ。

そんな男と結婚するなんて、冗談じゃない。

「だったら、しっかり掴まっていろ。俺が救い出してやる」

突然乱入したアーロンの元に、衛兵たちが一斉に駆け寄ってくる。逞しいアーロンの身体にぎゅっとしがみつくと、彼はぼくを抱き上げたまま、力強く地面を蹴った。

衛兵たちの怒声が飛び交い、弓矢を構え始める。

「やめろ！　カナタを傷つけたら許さぬぞ！」

矢を放とうとした彼らを、王子が一蹴した。

「ですが――」

「カナタには傷ひとつつけず、あの男を捕らえるのだ！」

王子に命じられ、皆がぼくたちめがけて集まってくる。

「いいな、絶対に俺から離れるなよ！」

アーロンはそう叫ぶと、片手でぼくを抱き上げたまま、背中の剣を引き抜いた。片手だけで長剣を操り、次から次へと衛兵たちをなぎ払ってゆく。

けれども、どんなに倒しても、衛兵は無数に集まってくる。

「アーロン、このままじゃ、やられちゃうよっ」

「問題ない。ほら、助けが来たぞ」

ふいに、視界が暗く陰った。何かと思って天を仰ぐと、そこには巨大な熱気球が浮かんでいる。

「掴まれ！」

頭上から声がして、ぼくらの目の前にロープが投げられる。

アーロンは素早くそれを掴むと、「ほら、しっかり掴まるんだ」と、ぼくの手にロープを巻き付けた。

「え、ちょっと待って。これって……」

ごおっと熱気球のバーナーが火を噴き、高度を増してゆく。

「か、身体が宙(ちゅう)にっ……！」

地面から足が離れ、身体が宙に浮き上がった。

飛び立つヘリコプターや飛行機から垂れ下がるロープを掴んで逃亡する。

映画や漫画では、よくあるシーンだけれど、実際に自分でする羽目(はめ)になるなんて、今まで想像したこともなかった。

「殿下、撃ち落としますか」

「馬鹿なことを言うな！　カナタになにかあったら困る。絶対にやめろ！」

火矢を放とうとする衛兵たちを、王子が引き止める。

気球はぼくらをぶら下げたまま、ぐんぐんと高度を増してゆく。

眼下に目を向けると、悔しそうに地団駄(じだんだ)を踏む王子の姿。

ロープを掴む手が滑り落ちそうで、震えが止まらないけれど。

ぼくはアーロンと共に、結婚式の会場から、無事に脱出することができた。

第一章　異世界に飛ばされてしまいました

高層ホテルのエントランスを出て、ぐったりと肩を落とす。

今度こそ、内定を貰えるかと思ったのに。

今日も、面接に大失敗してしまった。

「あぁ……、またやっちゃった……」

ため息を吐き、よろめきながら、締め慣れないネクタイの結び目に手をやる。

まだゴールデンウィーク前だというのに、今日もうだるような暑さだ。

ネクタイを緩めてジャケットを脱ぎ、ぼくは先刻の面接での失敗を思い出して、「うぉおお！」と頭を抱えた。

子どもの頃から、人と話すのが苦手だった。

特に、目上の人と話をするのが致命的に苦手だ。そのせいで、『就職率98％！』と誇らしげに宣伝している大手調理師専門学校に通っていたものの、就職できないまま、卒業すうのだ。

面接のたびに固まってしまい、なにを質問されても、まともに答えられなくなってしまう。

そう思って頑張ってきたのに。現実には、ちっともうまくいかない。

「大好きな料理の世界で、身を立てたい」

る羽目になってしまった。

「全校生徒の2％になっちゃうなんて……」

情けなさに打ちひしがれながら、よろよろと駅に向かう。

地下鉄の階段を降りようとしたそのとき、階段を踏み外し、ぼくは中空に放り出された。

「わっ……なに、これっ……」

いつのまにか、地下へと続く階段が消え、煤（すす）けた壁も地下から吹き上げる生ぬるい風も跡形もなくなっている。

代わりに、都会では嗅ぐはずのない、青々と茂る草の匂いのような香りがする。まばゆい光が弾け、反射的に目を瞑（つぶ）って身体を丸くする。

落ちる――。

衝撃に身構えたぼくの身体は、ぽよん、とやわらかな、なにかに沈み込んだ。

「ぽよん……？」

なに、これ。いったい、なんの感触!?

おそるおそる目を開けると、それは薄水色をした、巨大ななにかだった。小さな頃に遊んだことのある、恐竜の形をした、ふわふわした巨大なエアー遊具みたいな感触だ。

「キァアアアアアオ！」

(『いい匂い！』)

「わ、ふわふわが喋った！」

ふわふわしたそれが、ぐわっと盛り上がって、ぼくは振り落とされそうになった。

咄嗟(とっさ)にしがみつこうとしたけれど、もう遅い。ずるずると滑り落ちたぼくは、草むらに放り出されてしまった。

見上げると、そこにはブラキオサウルスみたいな、首の長い恐竜がいた。

「きょ、恐竜!?」

慌てふためき、立ち上がろうとしたけれど、身体に力が入らない。

首長の恐竜は、つぶらな目でギョロリとぼくを睨むと、ぬっと顔を近づけてきた。

「うわぁあああああ！」

喰(く)われる！

逃げ出したいのに、足に力が入らなくて、どんなに頑張っても起き上がれそうにない。

尻餅をついたまま、ぼくは、あわあわと後ろ手に這うようにして、首長恐竜から遠ざかろうとした。だけど、ものすごく大きいくせに、首長恐竜は思った以上に動きが素早い。ずいっと顔を近づけられ、巨大な舌でべろりと舐められる。

熱く濡れた舌はザラザラしていて、嗅いだことのない、甘ったるい匂いがした。

「ひぁっ……！」

くらりと意識を失いかけたぼくに、今度はふわふわの毛に覆われた大きな生き物が飛びかかってきた。

純白の毛に覆われた、ライオンみたいに大きな獣だ。ずんっとのしかかられ、ベロベロと顔を舐められる。

さらに、ウサギみたいに耳が長いのに、大型犬よりも大きな謎の生き物が、群れを成して飛びかかってきた。

「ふあぁあ！　た、助けてっ……！」

どう考えても、こんなの現実じゃない。

夢かなにかを見ているのだと思う。いや、そう思いたい。

だけど、ぼくの顔を舐めたり、ワイシャツやズボンを引っぱったり、毛を擦りつけてきたりするその感触は、とてつもなくリアルで。とてもではないけれど、夢だとは思えそうにない。しかも、舐めたり引っぱったりするだけじゃなく、甘咬みまでし始めた。

やばい。食べられちゃう……！

悲鳴を上げかけたそのとき、背後から両脇に腕を突っ込むようにして、誰かに羽交い締めにされた。

「え、え、わっ、なに⁉」

謎の生き物だけじゃなくて、今度は人間⁉

いったいなにが起こったのかわからず、必死で逃れようとする。だけど、ぼくを羽交い締めにした腕はとても逞しくて、どんなに抗っても、びくともしない。

「暴れるな。じっとしていろ。助けてやろうとしているんだ」

頭に直接声が響いてきた。明らかに日本語じゃないのに。なぜか、ちゃんと意味がわかる。

声の主は、ぼくを素早く片手で抱え上げると、もう片方の手で背中の長剣を抜き、刃の棟で恐竜や獣たちを、次々となぎ払った。

洋刀なのに、刃が片方しかない、変わった長剣だ。

なぎ払ってもなぎ払っても、獣たちはぼくに向かって飛びかかってくる。

「無駄な殺生はしたくない。いい加減、失せろ！」

男はそう叫ぶと、恐竜たちの眉間を剣の棟で叩きつけ、失神させてゆく。あっという間に、すべての生き物が地面に這いつくばった。

「すごい……」

思わず呟いたぼくを地面に下ろし、男は険しい眼差しを向けてくる。

「貴様、まさか丸腰なのか？　魔獣の巣窟を、そんな珍妙な格好でうろついているなんて。『喰ってくれ』と喧伝しているようなものじゃないか」

「まじゅう……？」

「そんな簡単な言葉も知らぬのか。漆黒の髪に、漆黒の瞳。貴様、もしや異国の民か」

怪訝な顔で、男が片眉を上げる。

男の髪は、太陽の光を浴びてキラキラときらめく銀色で、瞳の色は菫色。ものすごく背が高く、ずば抜けて整った顔だちをしている。筋骨隆々な身体と、浅黒く日に焼けた肌。男らしく精悍な顔つきに、銀色の短い髪がとてもよく似合っている。

「異国……たぶん、そうだと思います」

日本語で喋っているのに、ちゃんと伝わっているらしい。どういう仕組みかわからないけれど、言葉が通じなかったら大変だから、とてもありがたい。

「えっと……『日本』っていう国から来たんですけど」

「『日本』？　知らぬな。いったい、どの大陸の国だ」

　形のよい眉を寄せ、男は探るような目でぼくを見る。

「大陸じゃなくて、島国です。ちなみにここは……なんという国ですか？」

「呆れたな。国の名前も知らずに来たのか。——ここは、レザニア王国だ」

　地理の授業は得意じゃなかったけど。得意だったとしても、きっとそんな地名には心当たりがないだろう。たぶん、ここはぼくの暮らしていた世界とは、まったく違う世界だ。だって、ぼくのいた世界では、恐竜なんて、とっくに絶滅してるし。あんな大きな耳の長い生き物は、たぶん、存在しない。

「もしかして……マルチバースってやつですか。異なる次元の、世界？」

「まるちばーす？　なんだ、それは」

　男はさらに怪訝な顔になって、腕組みをしてぼくを見下ろした。すると背後から、ぬうっとまた謎の生き物が近づいてくる。

「しつこい！」

　素早く男がなぎ払ったそれは、二メートル以上ありそうな、巨大な蛇（へび）に似た生き物だった。身体は虹色に輝いており、胴の太さはぼくの太ももよりも太い。

「ふぁあああっ……！」

怯えて飛び跳ねたぼくに、男は呆れきったような顔を向ける。

「このとおり、この森は魔獣だらけなんだ。丸腰で、ひ弱な男が一人でふらふらしていれば、瞬く間に餌になる。死にたくなければ、さっさと安全な場所に移動しろ！」

「安全な場所って言われても……ここがどこなのかも、わからないし。どこに行けば安全なのかも、わからないんです」

「もしや、記憶喪失か？」

「いえ、記憶はあります。だけど、この世界のことは、たぶん、なにもわからない」

答え終わる直前、もふっとなにかが頭に飛びかかってきた。銀髪の男がひょいっとつまみ上げると、それは背中に翼の生えた、コアラのような丸っこい生き物だった。

うん、たぶんこれも、ぼくの暮らしていた世界には、存在しない生き物だ。

「仕方がない。近くの街まで送ってやる。ついてこい」

大きくため息を吐き、男は翼の生えたコアラを、ぽいっと遠くに投げ捨てる。

すると、今度は恐竜図鑑でしか見たことのないような巨大な翼竜が、ぼくに向かって飛びかかってきた。

「まったく。貴様というやつは……！　魔獣を惹きつけるにも程がある。その、ダダ漏れな誘惑香、どうにかならぬのか！」

「フェロモン？　そんなもの、ぼくにはないですよ！」

年齢＝恋人いない歴。おそらくぼくは、この先も一生、独り身街道を突き進むであろう、限界コミュ障の非モテ男子だ。

フェロモンなら、どう考えたって、この男のほうがダダ漏れだ。分厚い胸板に、男くさく色っぽい眼差し。それこそ、目が合っただけで女の子が妊娠しちゃいそうなほど、雄の魅力に溢れている。

「フェロモンが溢れているとしたら、ぼくじゃないですよ！　あなたのフェロモンです！」

「馬鹿言うな。そんな無尽蔵にいやらしい誘惑香を垂れ流しやがって。俺には誘惑香なんて、微塵も存在しない！」

呆れた声で一蹴しながら、彼はぼくにまとわりついてきたクマみたいな獣を一撃でぶちのめした。

「これじゃ、いくら倒してもキリがない。ほら、こっちに来い」

彼は、ひょいっとぼくを抱き上げると、地面を蹴って走り始める。

「わ、ちょっと待って。そんなに走ったら、振り落とされちゃうよ！」

「うるさい。落ちないように、しっかり掴まっていろ！」

眉を吊り上げて怒鳴る男は、粗雑だし、ちっとも優しくないけれど。彼の身体からは、クラクラするくらいセクシーな匂いが漂っている。

なにこれ、すごい……。脳みそ、溶けちゃいそうだ……。

身体の奥がジンっと熱くなって、全身から力が抜けそうになる。

「おい、俺から離れるな、と言っただろう」

険しい声音で注意され、「わ、わかってるよ！」と反論しながら、ぼくは男の身体にしがみついた。

あれ？　ぼく、人見知りが激しすぎて、知らない人とは震えて話せなくなるのに。

さっきの面接でも、なにを問われても、なにも答えられなかったのに。

なぜか、この男とは、ちゃんと話せている。

この男が無礼すぎて、気を遣う必要がないって思えるからかな。わからない。わからないけど――。

厳しいことばかり言ってくるし、すっごく感じの悪い男なのに。

彼の腕に抱かれていると、たまらなく心地よくて、安心できる。

「やっと大人しくなったな。そうだ。そうやって、しっかり俺に掴まっていればいいんだ」

偉そうな声で言うと、彼はぼくの身体を抱く腕に力を込め、さらに走るスピードを速めた。

いったいどれだけ体力が有り余っているのだろう。

男はぼくを抱き上げたまま、スピードを緩めることなく走り続ける。

しばらくすると、周囲の景色が少しずつ変わった。草原や森を抜けた先に、土でできた道が現れたのだ。馬車がつけたと思しき、わだちのある道だ。

「下ろしてください」

これだけ開けた場所なら、魔獣もいなさそうだ。

「断る。貴様のその短い足で、ちんたら歩かれても迷惑だ」

不愛想な声で一蹴され、ムッとして反論する。

「確かに、あなたと比べたら背が低いですけど。ぼくの国では、これが標準ですっ」

身長百七十四センチ。日本人のなかでは平均より少し高めだし、足だって決して短いほうじゃない。

だけど男の身長は、どう見ても二メートル以上ありそうだ。がっちりしていて、全身が鍛え抜かれた筋肉に覆われている。この男から見たら、ぼくは小柄に見えるのかもしれない。

「日本というのは、小型種しかいない国なのか」

「小型種⁉　あなたが大きすぎるだけじゃないですかっ」

小型種というのが、なんのことなのかよくわからないけれど、『小型犬』などと同じように、ちいさな種類の生き物を指しているのだということだけは、なんとなくわかる。

男の物言いが腹立たしくて、反射的に反論したものの、冷静に考えてみれば、この男は、ぼくの命の恩人だ。

彼が助けてくれなければ、今ごろ、ぼくは恐竜や獣の餌になっていたかもしれない。

「重たくて大変なんじゃないかって、心配しただけです」

ありがとうございました、って伝えたいのに。うまく言葉が出てこない。

不貞腐(ふてくさ)れて顔を背(そむ)けたまま、ぼくはそう告げた。

「安心しろ。貴様のような小型種は、どれだけ抱え続けたって、なんの負担にもならん」

「だから、小型種じゃないって言ってるのに！　標準的な大きさだって、何度言えばわかるんですか」

いちいちひと言多い男だ。感謝の気持ちが吹っ飛んで、男の腕から逃れようともがく。

「別に、ちいさいのは悪いことでもなんでもない。俺はお前をバカにしているわけじゃない。事実を言っただけだ」

ぼくの抵抗なんてないものみたいに、あっさり封じ込めて、男はさらりと言ってのけた。

「よし。あれが、この街の関所だ。お前、祖国で発行された身分証明書は？」

「そんなの、ないです」

ズボンのポケットのなかには財布が入っているから、運転免許証があるけれど。この世界でそんなものを出しても、なんの役にも立たないだろう。

だいたい、見たこともない生き物がウヨウヨしていて、長剣を携えた大男がいる世界なんて、どう考えても夢を見ているとしか思えない。

「異世界転生とか、マルチバースとか、昨今はそういう映画や漫画、小説が流行ってるみたいだけど。現実の世界に、そんなものがあるとは思えないしな」

「なにをぶつくさ言っているんだ」

「別に、なんでもない」

ふいっとぼくが顔を背けると、男はぼくの首筋に鼻を近づけ、くん、と匂いを嗅いだ。

「な、なにをっ……」

あまりにも近くに顔を寄せられすぎて、男の体臭を、思いっきり嗅ぐことになってしまった。男くさくて、汗くさい匂いなのに。

その匂いを嗅ぐと、なぜか身体の奥がジンと痺れて、頭がふわふわしてしまう。

「お前のその誘惑香。かなり、タチが悪いな。俺の匂いで、少し誤魔化すしかないか」

男はじっとぼくを見下ろすと、突然、上着を脱いでタンクトップ一枚になった。筋骨隆々(りゅうりゅう)の身体から目を背けようとしたぼくを、おもむろに抱き寄せ、頬や身体を摺(す)り寄せてくる。

「わ、わ、なにしてるんですかっ」

「俺の匂いで、お前の誘惑香を隠しているんだ。俺だって、好き好んでこんなことをしてるわけじゃない。よからぬ輩(やから)から守るため、仕方なくしているんだ。いちいち暴れるな」

暴れるなって言ったたって、男の身体はすごくいい匂いがして、こんなふうに身体を擦りつけられると、身体の奥がジンジン火照(ほて)って、どうしていいのかわからなくなってしまうのだ。

「ぁ、ぁ、やめっ……」

きゅううっと下腹に血が集まって、今にも達してしまいそうになる。

「なにをもぞもぞしている」

「そ、そんなっ……仕方ない、だろっ……」

いつのまにか大きくなってしまった分身。暴発寸前で、膝ががくがく震えている。ぐりぐりと擦りつけられた、筋肉質な身体。擦れるたびに全身が粟立(あわだ)って、まともに立っていられなくなる。

「ぁっ……！」

絶頂に追いやられそうになった瞬間、ようやく、男はぼくを解放してくれた。

ふらりと倒れそうになったぼくを抱き留め、「大丈夫か」と目を覗き込んでくる。

「どうした。そんなに真っ赤な顔をして。目も潤んでいるし、どこか具合でも悪いのか？」

真顔で訊ねられ、ぼくは全力で男の胸を突き飛ばす。

どんなに力を込めたって、男の身体はびくともしないけれど。それでも、今すぐこの男から離れたかった。

この、危険な香りのする男から、一刻も早く離れたい。

「よし、行くぞ。誘惑香を消しきれていない気がするが、仕方がない」

男はぼくから手を離し、上着を羽織って、長剣のホルダーをつけ直す。

今のうちだ——。そう思い、よろよろと男から離れると、突然、背後から誰かに声をかけられた。

「お前さん、どこかの館の男娼かい？」

振り返ると、そこには頭にターバンのようなものを巻いた、髭面の男が立っていた。

「男娼ってなんですか？」

「売春夫のことだ。そんなことも知らんのか」

「売春婦!?　違いますっ。ぼくは……っ」

調理師専門学校を三月末で卒業し、今は求職中の無職。

正直に告げるのが恥ずかしくて、もじもじしていると、髭面の男はぼくの腕を掴み、ぐっと引き寄せた。

「誰もが惑わされそうな、この、かぐわしき誘惑香。身体つきは細っこくて色気が足りぬが、キュッと締まったいい尻をしておる。お前さんなら、絶対に町いちばんの男娼になれる。悪いようにはせぬ。ウチで働かぬか」

もにゅっと尻を揉まれ、慌てて男の手を振りほどく。

「待て、逃さんぞ！」

追いかけてきた男との間に、素早く銀髪の男が割り込んできた。

「貴様、俺の連れに、いったいなにをしている」

銀髪男に睨みつけられ、髭面の男は、「ひぃっ！」と悲鳴を漏らす。

「あ、アーロン……!?　ゆ、許してくれ。まさか、お前さんの連れだとは……っ」

慌てふためき、男は転げるように、来た道を去ってゆく。

アーロンと呼ばれた銀髪の男は髭男を追いかけることなく、肩を竦（すく）めて、ちいさくため息を吐いた。

「まったく……。油断も隙もないな。せっかく俺の匂いをつけたというのに。ほんの少し目を離しただけで、この有様だ。貴様、少しは自分の誘惑香の有害さを自覚しろ」

険しい声音で吐き捨て、アーロンはぼくのネクタイを解いて、片方を自分の腰布に縛りつけると、もう片方をぼくのズボンのベルトに縛りつけた。

就職活動用に購入した、一張羅のネクタイだ。こんな使い方をされて、皺にでもなったら困る。

「な、なにするんですかっ……」

「魔獣がウヨウヨしている森と比べたら安全とはいえ、街にはあの男のような、よからぬ輩が多いのだ。せっかく魔獣から助けてやったのに。貴様が男街に誘拐され、性奴隷や男娼にされては夢見が悪い」

面倒くさそうな顔で、男はぼくを見下ろす。

「別に、ぼくがどうなろうが、あなたには関係ないんじゃないですか」

じっとぼくを見つめた後、男は目を眇めた。

「なんだ。お前は性奴隷や男娼になりたいのか」

「なっ……ち、違うっ。そんなの、なりたくないけど――」

夢だって思いたいけれど。腕を掴まれれば痛いし、匂いや触られたときの感触も、驚くほどリアルだ。こんなにもリアルな夢を、ぼくは今まで一度も見たことがない。

もし、これが夢ではなく、現実だとしたら。

本当に、異世界やマルチバース的な世界に、自分が飛ばされたのだとしたら。

ぼくは、いったいどうやって生きていったらいいんだろう。

幸いなことに、言葉は通じるみたいだけれど。財布のなかの紙幣もクレジットカードも、この世界ではいっさい使えないだろうし。

住む場所も仕事もない自分は、あっという間に路頭に迷うことになるのではないだろうか。

役に立ちそうな所持品は皆無。異世界転生モノのアニメや漫画、小説みたいに、チートスキルを授かっている様子もない。ステータス画面とかなさそうだし、魔法も使えなさそうで、武器らしきものも、なにも持っていない。

それこそ、さっきの髭面の男が言うように、男娼にでもなる以外、ないんじゃないだろうか。

非モテな上に、同性愛者だったぼくには、夢があった。

死ぬまでに一度くらい、誰かとキスしてみたい。ぎゅっと抱きしめ合って、愛を確かめ合ってみたい。

何度も願ったことだけれど。好きでもない相手にお金で買われたり、誰かの性奴隷になるなんて、そんなのは嫌だ。

キスも抱き合うのも、好きになった相手としたい。

「このままだと、ぼく、そういうところで働くくらいしか、生き延びる方法、ないですよね……？」

おずおずと訊ねたぼくに、男は不愉快そうに片眉を上げる。

「見知らぬ人間に春を鬻(ひさ)ぐのが、貴様の望みか？」

真顔で問われ、ぼくは、ふるふると首を振った。

嫌だ。そんなの、絶対にしたくない。見知らぬ相手となんて、キスだってしたくない。ましてや寝るなんて、絶対に無理だ。

「なりたく、ない……」

「ならば、先刻のような輩には心を許すな。いいな。一度でも娼館に売られれば、身体に男娼の印を刻み込まれ、薬漬けにされて、死ぬまで性交だけを生業(なりわい)にすることになるんだ。ただでさえお前の誘惑香は尋常じゃない。この香りを嗅げば、誰もがお前を無理矢理にでも犯(おか)したくなるだろう」

アーロンはそう言うと、ぐっとぼくを引き寄せ、ぼくの首筋に唇を近づけた。

「わ、な、なにをっ……」

「誘惑香ってのは、首筋から強く香るものなんだ。ここに俺の体液を塗ったくっておけば、少しは香りを隠せるだろう。擦りつけるだけじゃ足りなかったようだからな。直接、舐めて、俺の匂いでお前の匂いを消す」

「……!?」

熱くてざらついた舌が、ぼくの首筋をねっとりと舐めあげる。

「んぁっ……！」

くすぐったさに声を上げると、「妙な声を出すな」と叱られた。

「ただでさえ、とんでもない香りだってのに。そんないやらしい声を出されたら困る。俺だって、この香りに抗うのは、たまらなく苦しいんだ」

突き飛ばそうとして、抵抗を封じ込めるようにがっちりと押さえ込まれた。逞しい腕のなかに抱きすくめられ、首筋を丹念に舐めあげられる。

「ぁ、ぁ、無理っ……これ以上、ダメ、ダメ、だからっ……！」

アーロンの舌がうなじに触れた瞬間、全身に感じたことのない鮮烈な快感が突き抜け、ぼくは意識を手放してしまった。

目覚めると、そこは見知らぬ部屋だった。

質素なベッドと、ちいさな窓のある部屋。

窓の外に見える空には、いつのまにか無数の星が瞬いている。

「すごい、きれい……」

思わず呟いたぼくの頭上に、「やっと目が覚めたか」と、低くてなめらかな声が降ってきた。

「えっと……」

確か、ぼくは地下鉄の駅に向かう途中でおかしな生き物がたくさんいる草原に放り出され、銀色の髪の大男に助けられたんだった。

あの、夢としか思えない世界から、脱出できていたらいいんだけど――。

心配そうな顔で覗き込んできたのは、銀色の髪をした大男だった。

筋骨隆々の身体と、精悍な顔だち。黙っていればものすごく男前だけれど、口が悪くて腹が立つような言葉ばかりぶつけてくる、嫌な男だ。

「っ……!?　ズ、ズボンがないっ……」

下半身がすうすうして、ぼくは自分がワイシャツだけをまとい、ズボンも下着も身につけていない半裸状態だということに気づいた。

「ああ、汚れたから洗った。覚えていないのか？　お前、突然射精して、気を失っちまったんだ」

「しゃ、射精……!?」

そうだ。思い出した。銀髪男、アーロンに首筋を舐められ、昇天してしまったのだ。

「な、な、なんでっ……。だからって、ズボンや下着を脱がさなくてもっ……！」

指一本触れていないのに、暴発してしまうなんて。あまりの恥ずかしさに、八つ当たりをせずにはいられなくなる。

「仕方がないだろう。お前の体液は、とてつもなくヤバい香りがしているんだ。あんな匂いを漂わせたままでいたら、町じゅうの男たちが、お前の身体に群がってくるぞ」

「だ、だからって脱がさなくてもっ……」

「そのまま放置して、お前が野郎どもに犯されるのを見過ごせってか？　俺だって、そこまで鬼畜じゃない。未然に防げる犯罪は、防ぐべきだろ」

善意でしてくれたことなのだろうって、頭では理解できる。

それでも、精液で汚れた下着やズボンを脱がされ、素っ裸にされたなんて、想像しただけで、どうにかなってしまいそうだ。

頭を抱え、羞恥に打ち震えたぼくに、男はそっけない声で言った。

「安心しろ。俺には小型種を抱く趣味はない。お前の身体には、汚れを拭ったとき以外、指一本触れていないから、心配するな」

汚れを拭ったとき以外、ということは、汚れを拭うときは、触ったってことだ。うぅ……、最悪だ。白濁で汚れた局部を、他人に拭われるなんて――。

「なにか、穿くものを……」

「貸してやりたいところだが、生憎、俺は下着を穿かない主義でな」

そんなどうでもいい情報、わざわざ伝えられても困る。せめてもの抵抗に、シーツにぐるぐる巻きになったぼくを見下ろし、男は「腹減ってないか?」と尋ねた。

こんなときに、食欲なんか湧くわけがない。

そう言い返そうとして、ぎゅるると腹が鳴った。男はニヤリと笑って、「飯、食いに行くか?」と誘う。

「ごはんを食べようにも、この世界のお金を持っていないから……」

財布のなかの日本円は、きっとこの世界では使えない。

「腹を空かせて困っている人間を放っておけるほど、俺は悪人じゃない。ちょっと待ってろ。下着はまだ乾いていないが、ズボンはだいぶ乾いたみたいだぞ」

さすが、丸洗い可能な速乾性リクルートスーツ。コットン製のボクサーパンツはまだ湿っているけれど、ズボンはほぼ乾いているようだ。

「下着なしでズボンを穿くってこと？」

「穿いてみろ。気持ちいいぞ。しめつけの強い下着を好む人間の心理が、俺には理解できん」

アーロンは、そんなふうに言ってのけた。

「うぅ……」

求職活動時に着用するスーツのズボンを、ノーパンで穿くなんて。なんだか背徳的な感じがするけれど、下着は当分乾きそうにない。

毛を挟まないように気をつけながら、おそるおそる直穿きすると、確かに不思議な開放感があった。

「よし、行くぞ」

アーロンは、またもやネクタイの端をぼくのズボンのベルトループに結び、反対側の端を、自分のズボンのベルトループに結ぶ。

就職活動のための大切なネクタイなのに、すっかり本来の使用方法とは違う使い方をする道具にされてしまっている。

「いいな、俺から離れるなよ。夜は特に、男たちの理性が飛びやすい」

　ネクタイで繋ぐだけでは心許ないのか、アーロンはぼくの腕を掴んだまま、宿屋の階段を下る。すると、宿屋の一階は酒場のような場所と繋がっていた。どうりで階下から、賑やかな声が聞こえてくるわけだ。

　酔客(すいきゃく)たちは、露出度の高い服をまとった女性を膝に乗せたり、酔客同士で杯を傾けたりして、思い思いに夜を楽しんでいるようだ。

　酒場に足を踏み入れると、一斉に彼らの視線が、ぼくらに集まってくる。

「おい、アーロンが連れているアレ、いったいなんだ」

「わからねぇ。だが、すげぇ匂いだな。男色の趣味はねぇが、アレなら抱いてみたいぜ」

　ぼそぼそと男たちが交わし合う声が聞こえてくる。

「まぁ、可愛い坊やね。アーロン、いつから美少年趣味になったの？」

　豊かな胸元を露(あら)わにした、ぴったりと身体に沿ったドレスをまとった美しい女性が、手を伸ばしてぼくに触れようとする。

「ガキを抱く趣味なんか、あるわけがないだろう。こいつは夜の相手じゃない。行き倒れているのを拾っただけだ」

「要らないなら、私にくださらない？　たまには可愛い年下の男の子を泣くまで可愛がってあげたい気分なの」

ぼくの顎を掴み、顔を近づけようとした女性を、アーロンは雑に押し退けた。

「遊び相手が欲しいなら、よそを当たれ。コイツも俺も、飯を食いに来ただけなんだ」

ぼくを守るように肩を抱いて、アーロンは酒場のカウンターに連れて行こうとする。

「なによ。拾っただけなんでしょ？　アンタのものでもなんでもないのに。アンタが勝手に決めないでよ。ねえ、ぼく。お姉さんとイイコトしたいでしょ？」

真っ赤な唇を艶めかせながら美女に囁かれ、ぼくは後ずさりながら答える。

「ご、ごめんなさいっ。ぼく、そういうの苦手で……」

死ぬまでに一度でいいから、誰かとキスやハグをしてみたい。

だけど、ちゃんと愛情が伴っていなくては嫌だ。遊びでひと晩だけ身体を重ね合わせるとか、そういうのは絶対にしたくないのだ。

「なんだ、女は嫌いなのか。じゃあ、俺が相手になってやる。アーロン、このガキ、俺に貸せよ」

筋骨隆々の髭の男が、ぼくの腕を掴んで強引に抱き寄せようとする。

「何度も言うようだが、このガキは男娼じゃないんだ。遊びたけりゃ、娼館に行け」

髭の男の野太い腕を払いのけ、アーロンはぼくをカウンター席に座らせる。

「店主、このガキに、なにかうまいもんを喰わせてやってくれ」

アーロンが声をかけると、店主と思しき男がくるりと振り返る。

「えっ……ドワーフ!?」

後ろ姿だけだと気づけなかったけれど、それは、酒樽の上にちょこんと乗った、とてもちいさな男だった。背丈は、ぼくの腰くらいまでしかなさそうだ。

幼児かと思うくらいに小さいけれど、その身体は逞しい筋肉に覆われており、腕にはいかつい入れ墨、顔つきも男らしくて、豊かな顎髭を蓄えている。

「ドワーフが珍しいか?」

ジロリと強い眼差しで射抜かれ、ぼくは慌てて頭を下げた。

「ご、ごめんなさい。ぼくの国には、いなかったので……」

「お前自身が、ドワーフみたいなもんだろ」

アーロンが軽口を叩き、ドワーフの主人が、ふんと鼻を鳴らす。

「俺らドワーフは、腕っ節のいい強者揃いなんだ。こんなひょろっこい奴、ドワーフじゃねぇ。だいたい、肌だってツルッツルじゃねぇか。俺らはこのとおり、全身毛むくじゃらだぜ」

「そういやそうだな。この小型種は、ドワーフとも違う種族のようだ」

ふむ、とアーロンが頷き、ぼくに向き直る。

改めてこうして見ると、アーロンは、本当に整った顔だちをしている。思わず見惚れそうになって、『中身は最低な男なんだ』と思い直す。

「頬が赤いな。なんだ、やっぱり体調が悪いのか」

心配そうに眉根を寄せ、アーロンは大きな手のひらを、ぼくの額に押し当てた。二人の距離がぐっと近くなって、アーロンの雄臭い匂いが、ぼくを包み込む。

大っ嫌いな相手なのに。匂いだけは、気が遠くなりそうなほどいいの、ずるいと思う。

アーロンの匂いに包まれ、ぽーっと意識が遠のきそうになる。

「なんだい、兄ちゃん、アーロンに惚れてんのか」

カウンターの向こう、ドワーフの店主に突っ込まれ、ぼくは慌てて否定した。

「ち、ちがっ……。こんな口の悪い横柄(おうへい)な男に、惚れるわけないっ……！」

「俺だって、こんなガキ、願い下げだ！」

同時に叫んだぼくとアーロンを、店主は、ニヤニヤと見比べる。

「随分と仲がいいな」

「「よくない！」」

ぼくたちは同時に否定したけれど、店主は「へいへい」と聞き流して、ぼくとアーロンの前に、野菜や肉を煮た汁物の椀(わん)を差し出した。

「喰え。最高にうまい魔獣が手に入ったんだ」

「魔獣……!?」

いったい、どんな形をした生き物の肉なんだろう。

一気に食欲が失せたけれど、さっきから空腹に耐えかね、腹は悲鳴を上げ続けている。

おまけに、椀からは嗅いだことのない、とてもおいしそうな匂いがした。

おそるおそる椀を手に取り、木のスプーンで汁をすくって、ひとくち飲んでみる。

「ん……！　おいしいっ！」

なんだろう、この味。魚介とも鶏だしや豚骨とも違う、食べたこともないような、深みのある味わいだ。

魔獣なんて言うから、獣臭いかと思ったのに。嫌な臭いやえぐみは、少しもない。のごしはスッキリとしているのに、じわりと口いっぱいに味わい深い旨味(うまみ)が広がる。

「今朝締めたばかりの、新鮮な肉だ。骨付きのまま、ホロホロになるまでしっかり煮込んだからな。いい出汁(だし)が出てるだろ」

誇らしげに、店主が胸をそらす。

「最高においしいですっ。こんなにもおいしいスープ、生まれて初めて飲みました！」

へへっと、くすぐったそうに、店主は鼻の下を擦る。

「肉も食ってみな。口のなかで蕩けるぜ」

店主の言うとおり、肉は口のなかでほろっと蕩けて、脂身のまろやかさが、たまらなくおいしい。野菜にもしっかりと肉の味が染みこんでいて、ぼくはあっという間に一滴残らず平らげてしまった。

「食欲はあるんだな。そりゃよかった。店主、炙り肉も出してくれよ」

「はいよ」

アーロンが追加で料理を頼むと、店主は焼き網に大きな肉の切り身を置いて、こんがり炙って出してくれた。

塩と香辛料でシンプルに味つけされたそれも、炙り加減が絶妙で、ものすごくおいしい。

「香ばしくて表面はパリッとしてるのに、なかはすっごくジューシー。炙り肉も、とてもおいしいですね！」

「小さいのに、よく喰うな」

アーロンに言われ、ハッとして食べかけの炙り肉を皿に戻す。

「ごめんなさい。お金、持ってないのに……」

「気にするな。たくさん喰うってのは、いいことだ。食いっぷりがいいのを見ると、こっちまで気分がいいしな。ほら、もっと喰え。酒も飲めよ」

「や、お酒は……」

断ろうと思ったけれど、この店は料理だけでなく、酒までとてつもなくおいしいようだ。酒の苦手な者でも飲みやすい、という、店主お勧めの『はちみつ酒』を試しにひとくち飲んでみたら、あまりのおいしさに止まらなくなってしまった。

「ちょっと、この子、酔うとますますいい匂いがするんだねぇ」

さっきの美女が近寄ってきて、ぼくに強引にキスしようとする。

「このガキに触るな。こいつは、火遊びの相手にしていい男じゃない」

アーロンが美女を退けるそばから、今度はぼくと同じくらいの年齢と思しき若い男が、ぼくの手を取り熱心に口説いてくる。

「ぼくは遊びなんかじゃないよ。きみと、真剣に交際したいと思ってるんだ。ぼくの恋人になってくれないか」

「えっ……」

アーロンほどではないけれど、整った顔だちをした青年が、じっとぼくを見つめる。思わず心が揺らぎそうになったけれど、彼のことも、アーロンが雑に押し退けた。

「おいガキ、信じるな。酒場で使われる『真剣に交際したい』なんて言葉は、『一発やらせろ』と同義だ」

「なっ、酷い。ぼくは本気なのに！」

「うるせぇ。この間、別の男に入れあげてたばかりじゃねぇか。顔洗って出直せ！」

アーロンに突き飛ばされ、若い男は不服げな顔をした。

「なあ、アーロン。悪いことは言わねぇ。金ならいくらでも出す。この兄ちゃん、ひと晩貸せよ」

さっきも迫ってきた髭の大男が、アーロンに金額交渉を持ちかける。

「バカ言うな。見てみろよ。このガキ、どう見ても童貞だぞ。金でどうこうしていい相手じゃないって、何度言えばわかるんだ」

追い払っても追い払っても、次から次へと、ぼくと『寝たい』という男女が群がってくる。

「ああ、もういい。うっとうしい。離れろ！　お前ら、このガキに指一本でも触れてみろ。ただじゃおかないからな！」

全員まとめて蹴散らし、アーロンは店主に飲食代を支払い、ぼくを抱えて宿屋へと続く階段を駆け上がった。

「なんだよ、アーロンの野郎。その兄ちゃんを独り占めする気か！」

「馬鹿野郎。こんなガキ、抱くわけがないだろう！」

アーロンはそう叫び、宿屋の個室の鍵をかけ、扉を蹴破られないよう、扉の前にテーブルや椅子でバリケードを作った。


足がもつれそうで、頭がぐらぐらする。

おいしすぎて、うっかりはちみつ酒を飲み過ぎてしまったせいだと思う。

ふらりと脱力し、倒れそうになったぼくを、アーロンが素早く抱き留めた。

「ふぁー……」

朦朧(もうろう)とした意識のなか、見上げると、嫌味なくらいに整った顔が、困惑(こんわく)げにぼくを見下ろしているのがわかった。

「ったく。酒を飲むと誘惑香がより強くなる、なんて。とんでもないガキだな、お前は」

怒っているみたいだけれど、そんなもの、怒られたって困る。

だって、酔っ払うと香りが強くなるのは、ぼくだけじゃないんだ。

アーロンだって、お酒のせいで、さっきからすごくいやらしい匂いがしている。

こうして腕に抱かれていると、クラクラして、今にも達してしまいそうなくらい、扇情(せんじょう)的(てき)な匂いだ。

「アーロンだって、すっごくやらしい匂い、してる」

「そんな匂い、していない。お前の気のせいだろう。今まで誰からも、そんなことを言われたことがないぞ」

不機嫌そうに、アーロンは眉根を寄せる。

「うそだ。アーロン、やらしい匂いしてるよ。嗅ぐと、身体の奥が熱くなって……ジンジンして、融けちゃいそうになる」

声まで熱い。蕩けそうに甘ったるい声が出て、恥ずかしくて消えたい気持ちになった。だけど、止まらない。さっき暴発したばかりなのに。ぼくの身体は熱く火照って、今にも達してしまいそうな状況だ。

「いい加減、無自覚に人を誘惑するのはやめろ！」

苦しげな声で言うと、アーロンはぼくをベッドに横たわらせる。

「誘惑なんか、してない！」

誘惑しているのは、ぼくじゃない。むしろ、アーロンだ。こんな匂い、ずるい。

それに、ぼくは好きで、この世界に来たわけじゃない。

夢なら、一刻も早く醒めて欲しい。今すぐ元の世界に帰って、求職活動を再開したい。

早く、就職浪人を卒業したい。

ぼくの望みは、それだけなのに……。

気づけば、頬を涙が伝っていた。ポロポロと涙を溢れさせたぼくを、アーロンはハッとした顔で見下ろした。

「すまない。お前は、望まず、異国からここに流れ着いてしまったんだったな。誘拐されたのか、家族とはぐれたのか、なぜここにいるのかはわからぬが。帰る方法もわからず、不安な気持ちを抱えているんだろう」

アーロンの大きな手のひらが、ぼくの頬に触れる。

「これもなにかの縁だ。拾っちまった以上、責任をとって、お前をお前の国に戻してやる。明日にでも、地理学者のところに行こう。お前の祖国のことを知っているかもしれん。帰る方法が、わかるかもしれぬぞ」

濡れた頬を優しく拭い、アーロンはそう言ってくれた。

ありがたい、けれど――。きっと、どんなに優秀な地理学者に尋ねたところで、元の世界への帰り方なんて、わかるはずがないと思う。

「無事に帰してやるから、泣くな」

嗚咽(おえつ)をかみ殺し、えぐえぐと肩を震わせるぼくの身体を、アーロンはふわりと抱きしめた。

口が悪くて、すぐに意地悪なことを言う、最低な男。

そんなふうに思っていたのに。

ずるいと思う。アーロンは時々、ものすごく優しくなる。

このまま、元の世界には一生帰れないのかもしれない。

そう思うと、泣き止まなくちゃいけないのに、ちっとも涙が止まってくれない。

お酒のせいで、心が弱っているせいもあると思う。

嗚咽を殺すことさえできなくなって、声を上げて泣きじゃくるぼくを抱きしめ、アーロンはただ黙って、背中をさすり続けていてくれた。

第二章　地理学者と異界の地図

翌日、ぼくはアーロンに連れられ、彼の幼なじみだという地理学者の元に向かった。

馬車で半日以上かかる場所に建つ、とても大きな学び舎。

この国で最も権威のある王立学校だというその場所で、アーロンの幼なじみは働いているらしい。

「すごいところですね……」

瀟洒（しょうしゃ）な彫刻の施された荘厳（そうごん）な建物を見上げ、ぼくは思わずため息を吐く。

筋骨隆々でワイルドな容貌のアーロンは、剣の達人だし、傭兵や冒険者など、肉体を酷使する仕事をしている人に見える。

正直に言えば、学問と無縁そうに見える彼に、学者の知り合いがいるなんて信じられそうになかった。

半信半疑で彼の後をついて行くと、学内でもひときわ立派な建物に、アーロンは入っていった。

「おい、ルキア。いるか?」

建物の突き当たりにある、大きな扉を叩き、アーロンは部屋のなかに呼びかける。

しばらくすると、扉が開き、はちみつ色の髪をした、美しい男性が姿を現した。

雪のように白い肌と、青く澄んだ瞳。恐ろしいくらい目鼻立ちが整っている。

アーロンも浮き世離れした美形だけれど、同じくらい整った顔だちの男だ。

高貴な猫みたいに、ツンとした美貌。一見冷たそうに見えたその顔が、アーロンを見るなり、満面の笑顔に変わる。

「アーロン!」

部屋から飛び出してきた彼は、勢いよくアーロンに抱きついた。

「連絡もなしにぼくを訪ねてくるなんて。ようやく、ぼくと結ばれる決心がついたのかい?」

んー、と唇を突き出してキスしようとする金髪青年を、アーロンはうっとうしそうに押し退けた。

「そんな決心は、空から槍が降ってきたとしても、絶対につかぬ」

金髪青年の形のよい眉が、不機嫌そうに吊り上がる。

「酷いなぁ。ぼくはこんなにも一途に、きみを愛し続けているのに」

「無駄な愛を注ぐのはやめて、さっさと別の相手を見つけろ」

そっけない口調で言われ、それでも金髪青年は笑顔のままだ。

「その、つれないところがまたいいいんだよね。なんとしてでも落としてやろうって気分になる」

ふふ、と笑って、金髪青年はアーロンの首に手を回す。

「触るな、不快だ」

顔を近づけようとした青年を、アーロンは再び押し退けた。

「ルキア、そんなことよりお前に頼みがある。こいつの故郷について、教えて欲しいんだ」

アーロンはそう言って、ぼくを金髪青年、ルキアの前に立たせる。

アーロンほどではないものの、ルキアもかなり背が高い。青くきれいな瞳でじっとぼくを見つめ、「きみ、どこから来たの？」と不思議そうに目を眇めた。

「え、えっと……。『日本』という国から来ました」

通じるはずがない。そう思いながらも、ぼくは正直に答える。

「『ニホン』？　それは、街の名前かな？」

「いえ、国の名前です」

おずおずと答えたぼくに、ルキアは「それは、何語なのかな」と問いかける。

「日本語、です」

そんな言葉はない、って頭ごなしに否定されるかと思ったのに。

ルキアはぼくに羽ペンを差し出し、「じゃあ、その国の名前と、きみの名前をここに書いて」と、机の上のノートのようなものを指さした。

ペン先をインクに浸し、ぼくはそこに、『日本』と漢字で書き、その隣に『高橋佳那多(たかはしかなた)』と自分の名前を書き加える。

すると、ルキアは大きく目を見開き、「おおおおぉ！」と歓声を上げた。

「この世界に存在する、どの言語体系とも異なる言語だ！　ねえ、きみ、地図は読めるかい？　あの世界地図のいったいどのあたりから、きみは来たんだい？」

ルキアは身を乗り出してぼくの両肩を掴み、興奮した様子で、壁に貼られた世界地図と思しきものを顎で差し示す。

「えっと……」

当然だけれど、そこにはぼくの知る大陸はどこにもなかった。

日本も存在しない。

「このなかには、存在しない国です。ええと……」

絵心がないから、うまく書けそうにないけれど。

子どもの頃、自宅のトイレに世界地図が貼ってあったから、ぼんやりとなら覚えている。ユーラシア、アフリカ、北アメリカ、南アメリカ、南極、そして、オーストラリア。まずは大陸を書き、さらにユーラシア大陸の隣に、ぼくは島国日本を書き加えた。

それぞれの大陸に、日本語で大陸名も書き添える。

「日本は、ここです」

星印を書いてルキアに伝えると、彼はぼくの描いた下手くそな地図をじっと見つめ、「あの本に載っていた地図とそっくりだな」と、目を見開いた。

「ちょっと待ってて」

そう言い残し、彼は壁一面に設(しつら)えられた書棚を見上げる。

「確かこの棚の……」

天井まで続く、巨大な書棚。軽やかな足取りで梯子(はしご)を登り、彼は一冊の古い本を手に戻ってきた。

「これはね、『異界から来た』と主張する人たちから、聞き取り調査をして、彼らの故郷について書き記した本なんだ。まあ、信じている者は、ほとんどいないから、トンデモ奇書扱いで、学会からは完全に無視されているんだけれどね」

そう言って、ルキアが開いた本には、ぼくが書いたものよりずっと上手な、ぼくの暮らしていた世界の地図が掲載されていた。

「ほら、そっくりだろう？　それぞれ大陸の大きさのバランスや形はちょっと違うし、書き添えられている文字も、異なるけど」

地図に書き添えられた文字は、英語やドイツ語、ロシア語や中国語、韓国語など様々だった。

「ほら、この頁。これなんか、きみの書いた文字とそっくりだ」

ルキアはパラパラと本をめくり、日本語の書かれた頁を指さした。

「同じ、です。これ、日本語だと思いますっ。これを書いた方、どこにいるんですか？　この方に会えば、帰る方法がわかるかもしれません」

ぼくの問いに、ルキアは残念そうに眉を下げる。

「この本が発行されたのは、はるか昔だ。ここに掲載されている地図を書いた人たちは、もうこの世にはいないと思うよ」

「そんな……」

絶望に打ちひしがれ、言葉を失ったぼくの代わりに、アーロンがルキアに尋ねた。

「こんなにもたくさんの人間が、同じような形の地図を書くっていうのは、なにか理由があるのか？　実際にこんな世界があるわけじゃないだろ」

「んー、どうかなぁ。どの地図も書かれた年代と、書いた人の詳細な供述が載っているんだけれど。年代も様々だし、出現した場所も大きく異なる。示し合わせて嘘を吐いているとも思えないんだよね。たとえばこの本に掲載されている、いちばん古い地図は、それこそ、何百年も前のものなんだよ」

この世界には写真というものが存在しないようで、地図や挿絵は、魔法で紙に写し取る、『魔法転写』という技法が使われているのだそうだ。

魔法転写されたその地図は、とても古いもののように見える。

「もしかしたら、どこかの国に伝わっている伝承か、なにかなのかもしれない。だけど、それにしては独特すぎるんだよ。世界地図の形だけじゃない。言語体系もね、あまりにも複雑で、どの文字を見ても、その文字のなかに、それぞれ偉大な文明が息づいているように感じられるんだ。ほら、アーロン。見てごらんよ、この子の書いた文字を」

顔がよすぎて、モデルや俳優にしか見えないキラキラ陽キャオーラ満載のルキアだけれど、学者だけあって、中身は思いっきり学究肌のようだ。

瞳をキラキラと輝かせ、ぼくの書いた地図や文字を食い入るように眺めている。

「そういえばお前は、このガキの誘惑香に惑わされないんだな」

熱心に地図に見入るルキアに、アーロンが問いかける。

「馬鹿にしないでよ。ぼくはね、アーロン以外の人間には、いっさい興味がないんだ。物心がついたときからずっと、アーロン一筋なんだよ」

きっぱり言い切ったルキアに、アーロンは迷惑そうな顔を向ける。

「お前とは付き合えない、と何度言えばわかるんだ」

「そんなことを言って。アーロン、ちっとも特定の相手を持とうとしないじゃないか。もし、きみが誰か特定の恋人を作ったら、諦めてあげてもいいよ。だけどきみが独り身のうちは、ぼくもきみを諦める気はない」

きっぱりと言い切るルキアは、心からアーロンのことを愛しているみたいだ。

ちょっと強引なところはあるけれど、すっごくきれいな人だし、悪い人ではなさそうに見える。

「こんなに好いてくれているんだから、ルキアさんと付き合えばいいのに……」

思わず呟いたぼくに、思いっきり眉をひそめたアーロンが、ものすごく嫌そうな声で言った。

「絶対に無理だ。この男は俺を、『抱こうとしている』んだぞ」

「えっ……!?」

　すらりとしていて、中性的できれいな顔をしているから、てっきりルキアは『抱かれる側』だとばかり思ったのに。どうやら、そうではないらしい。

「たっぷり可愛がってあげるよって言っているのに。アーロンってば、一度も抱かせてくれたことがないんだよ。もう二十年近く、一途に口説き続けているのに！」

「抱かせるわけがないだろ！　俺は『抱く側』だ！　死んでもお前に抱かれたりなんかしないからな！」

　大人げなく怒鳴り合った後、ルキアはにっこりとぼくに笑顔を向ける。

「そういうわけだから。ぼくはアーロンが誰を抱こうが、ちっとも気にならないんだ。誰かに抱かれたりしたら、その相手を八つ裂きにしてしまいそうだけどね。だから、もしアーロンとやらしいことがしたくなったら、遠慮なく好きなだけしていいよ。きみは『抱かれる側』だろ?」

　ルキアがぼくの耳元に唇を寄せ、甘い声で囁く。

「えっ、ゃ、ぼ、ぼくは、別にそういう相手じゃっ……」

　かぁっと頬が火照る。真っ赤になったぼくの顎に、ルキアはそっと手をかけた。

「ぼくねぇ、三人でするのにも興味があるんだ。きみを抱くアーロンを、ぼくが抱く、なんてどうかな。楽しそうじゃない？　三人で同時に繋がって、アーロンを挟み撃ちするるんだ」

ルキアはぼくを抱きすくめるようにして、アーロンに押し当てる。

「ひぁっ……！」

アーロンの身体と、ルキアの身体。

二人の身体に挟み込まれて、背後から漂うアーロンの雄臭い香りに、キュンと身体の奥が熱くなってしまった。

「ん。もしかして、アーロンの匂いに欲情してる？　いいねぇ。アーロンもきみの匂いに興奮してるみたいだ。二人が盛ってるとこ、見せてよ。ぼくも混ぜてもらうから」

ルキアはそう言うと、ぼくの身体を、ぐっとアーロンの下半身に押しつける。

「わ、だ、だめ、やめてくださいっ……！」

「ルキア、いい加減にしろ！」

アーロンがルキアを突き飛ばし、ぼくから素早く身体を離す。

だけど、ぼくの身体にはアーロンの残り香と、硬く、熱く滾（たぎ）っていた下腹の感触が残っていて、ぼくは膝に力が入らなくなって、その場にくずおれてしまった。

「おい、ガキ！　大丈夫か」

アーロンに抱き起こされ、余計に身体の火照りが止まらなくなった。

「馬鹿だな、アーロンは。気づいていないのか。きみの匂いが、彼を発情させているんだよ」

呆れたように、ルキアがため息を吐く。

「俺の匂いが？　俺はそんな匂い、発していない。やばい匂いを発してるのは、このガキだろ」

「無自覚なのはタチが悪いな。増幅してるんだよ、きみの匂いも、彼の匂いも。よっぽど相性がいいんだろうな。互いの存在が、互いの誘惑香をより強くしているんだ」

くん、と、ぼくとアーロンの匂いを嗅いで、ルキアは唇の片端を吊り上げる。

そんな表情をすると、顔だちは中性的でとてもきれいなのに。すごく雄臭い感じに見えた。

「ほら、アーロンが近くにいたら、この子はいつまで経っても元には戻らないよ」

ルキアはぼくの腕を掴み、やんわりとアーロンから引き離した。

「そこの椅子に座って。お茶を淹れてあげるから」

ぼくを部屋の一角にある応接スペースのような場所に座らせると、ルキアはお茶を淹れてくれた。

紅茶とも緑茶とも違う。すーっとする爽やかな香りの、さっぱりした味のお茶だ。

「おいしい……！」

「でしょう？　ぼく、お茶にはこだわりがあるんだ。世界中から、色々な茶葉を集めているんだよ」

ルキアはにっこりと微笑んだ後、再びぼくの描いた地図に視線を向けた。

「もしきみが本当に、この『日本』という場所から来たのだとしたら、きみのいた世界について、詳しく話して欲しい」

トンデモ奇書、と多くの学者たちから軽視されながらも、『異界から来た者』の証言と彼らの書き記す言語、地図には、一部の熱心な研究者がいるのだそうだ。

「構いませんけど……。その前に、ひとつ聞いてもいいですか」

「なんだい」

向かいの席に座ったルキアは、優しく目を細め、ぼくの言葉を待つ。

「その本に出てくる『異界から来た人』たちは、みんな、元の世界に戻れたんですか？」

ルキアの瞳の色が、にわかに曇る。彼は長い睫毛（まつげ）を伏せ、ちいさく首を振った。

「この本以外にも、異界の地図や証言、言語を扱った本はいくつかあるんだけれど。今まで、『元の世界に戻れた』という話は、一度も見かけたことがないよ」

「そんな……」

この本のなかに出てくる、『異界の民』は、二十数例ほど。

何百年ものあいだに、二十数例しか事例がない。おまけに、出現時期には偏り（かたよ）があり、もう長いこと現れていないのだそうだ。

「本に書かれていないだけで、帰還できた事例があるんじゃないのか」

アーロンの問いに、ルキアはふるふると首を振る。

「実は、ぼくは一時期この、不思議な異国の地図にハマっていてね。色々と調べたけれど、誰ひとりとして『元の世界に戻った』という人の話は、見たことも聞いたこともないんだ」

「じゃあ、みんなどうやって生きていたんですか」

「飛ばされてきた直後は、皆、この世界に馴染めずに辛い思いをしたようだけれどね。どうしたって戻ることはできないんだ。友人や恋人、家族を作って、少しずつ馴染んでいったみたいだよ」

頭をぶん殴られたような衝撃が走る。倒れそうになったぼくを、隣の席に座ったアーロンが、素早く支えてくれた。

「大丈夫？　顔が真っ青だよ」

心配そうに、ルキアがぼくの顔を覗き込む。

大丈夫です、とは、どんなに頑張っても答えられそうになかった。

ぎゅっと胸が苦しくなって、涙腺が緩んでしまいそうになる。

「どうにか、帰してやる方法はないのか？」

ぼくを支えるアーロンの手に、力が籠もる。

「少なくともぼくは知らないな。だいたい、異界の存在を信じている人自体、ほとんどいないからね。誰かに聞こうにも、難しいと思う。アーロンだって、ぼくらのいるこの世界以外に、別の世界があるなんて言われたって、信じないだろ？」

ルキアに問われ、アーロンは、「信じねぇな」と即答した。

「かわいそうだけど、頑張って慣れるしかないと思う。幸い、世話焼きアーロンに拾われたんだし。きっとこの世界に慣れるまで、彼が面倒を見てくれるよ」

ニコッと微笑み、ルキアはそんなふうに言った。

「馬鹿を言うな。俺には行かなくちゃいけない場所があるんだ。こいつを連れて行くわけにはいかない」

アーロンの反論を無視して、ルキアはぼくに向き直る。

「きみ、なにか得意なことはないのかい？」

「得意なこと、ですか……？」

「見たところ、肉体労働や戦闘には向いていなさそうだ。魔法が使えたり、芸事に長けていたり、仕事にできそうな特技はある？」

どうしよう。特技なんて、ぼくにはなにもない。できることと言えば、料理くらいだ。

「料理なら、得意です。元の世界で、調理の専門学校に通っていたので」

「料理が得意なの？　だったら酒場で働くといいんじゃないかな。料理人なら、雇ってくれるところ、たくさんあると思うよ」

「ダメだ。危険すぎる。この匂いだぞ？　酒場なんかで働いたら、酔客たちに襲われちまう」

アーロンが、険しい顔でルキアの言葉を遮る。

「んー、じゃあ、貴族のお屋敷で調理の仕事をするとか？」

「それも危険だ。こんな匂いをさせているんだ。雇い主に手籠めにされるのも、時間の問題だ」

きっぱりと言い切ったアーロンに、ルキアは呆れた顔を向ける。

「そんなに心配なら、きみが連れて行けばいいだろう」

「ダメだ。危険すぎる」

「じゃあ、文句ばっかり言ってないで、アーロンが安全な仕事先を探してあげなよ」

「どういう場所なら安全なんだ？」

　真面目くさった顔で、アーロンがルキアに問う。

「あのねぇ、アーロン。ぼくはきみに惚れているんだよ？　そのぼくに、自分が大事にしている子の仕事先を見つけてくれなんて、よくもそんな図々しいことを頼めるね。ただでさえ、さっきから仲のいいところを見せつけられてショックを受けてるって言うのに」

「別に、俺はこいつを大事になんかしてない！」

　反論したアーロンに、ルキアは疑わしげな目を向ける。

「あっそう。じゃあ、ぼくがこの子を雇おうかな。住み込みの使用人として雇って、朝晩ごはんを作ってもらって、夜の相手もしてもらう」

　ルキアは、ぐっと身を乗り出し、唐突にぼくを抱き寄せる。

「なっ……。路頭に迷っているガキに、なんてことをしやがる！」

　ルキアを引き剥がし、アーロンはぼくを背後に隠した。

「ほら、すっごく大事にしているじゃないか」

「別に、こいつだから大事にしているわけじゃない。誰も頼る人間がいなくて途方に暮れているガキがいたら、誰だって手を差し伸べたくなるだろ」

「じゃあ、アーロンは出逢ったすべての孤児を、保護して幸せにしてあげるっていうのか」

　片方の眉を吊り上げ、ルキアはアーロンを睨みつける。

「それが、本来の俺の役目だ。孤児だけじゃない。この国に住まうすべての民が、飢えることなく健康な生活を送れるようにしなくちゃいけない。そのために、俺は早急に旅に出なくちゃいけないんだ」

真摯な声で告げたアーロンに、ルキアは肩を竦めてみせる。

「わかったよ。きみが不在のあいだ、この子を預かってあげればいい?」

「お前なんかに、預けられるわけがないだろう。不安すぎる。もういい。こいつは、どこか、修道院にでも預かってもらうことにする。聖職者なら、こいつの誘惑香を嗅いでも、理性を保てるだろう」

アーロンの言葉に、ルキアはおかしそうに吹き出す。

「きみは相変わらず、おめでたい人だね。聖職者が生涯禁欲生活を送っているって、本気で信じているの?」

「信じるもなにも、聖職者というのは、俗世の煩悩を捨てた者のことだろう」

ふふふ、と意味深な笑みをこぼし、ルキアはひらりと手を振ってみせる。

「そう思うなら、行ってみるがいいさ。きみのお花畑な価値観が、覆されることになると思うよ」

どうぞご自由に、と言った後、ルキアはぼくに「ねえ、きみの名前、さっき書いてくれた、あれはなんて読むの？」と尋ねてくる。

「えっと、『タカハシ　カナタ』です。タカハシは家族の名前で、カナタはぼく個人の名前」

「カナタだね。またね、カナタ。ぼくはきみがウチに来るの、大歓迎だから。困ったらいつでもぼくのところへおいで」

「絶対に、お前のところにだけは行かせない！」

アーロンが、すかさずぼくとルキアのあいだに割って入る。

「ふふ、いいじゃない。ぼくとアーロンとカナタの三人で暮らせば。三人で仲よく楽しめる、特大のベッドを用意しておくよ」

「ふざけるな！」

アーロンは眉を吊り上げ、ぼくを連れて部屋の外に出る。

「まったく。なんて男だ。あんな男を頼ったのが間違いだった。――不快な思いをさせて、すまなかった」

学び舎を出ると、アーロンはぼくを連れて、修道院へと馬車を走らせる。

修道院では、禁欲的な黒い服をまとった聖職者が出迎えてくれた。

「なるほど。事情はわかりました。行く場所がなく、この地のこともなにも知らない子なのですね。ええ、大切に預からせていただきますよ」

生真面目な顔で頷きながら、この修道院の院長だという彼は、ぼくの尻にさりげなく手を伸ばす。

「ひぁっ！」

いきなり尻を撫でられ、ぼくは思わず悲鳴を上げた。

「どうしたんですか。カナタくん」

ぼくを見る院長の目が、明らかに普通じゃない。ねっとりとした眼差しで視姦(しかん)され、ぞくっと背筋が震えた。

「院長、お呼びですか」

そのとき、院長室の扉が開き、若い修道士が入ってきた。

金色の髪をキッチリと撫でつけ、黒い服をまとった真面目そうな青年だ。

けれども、ぼくを見るなり、その目が院長と同じ、劣情(れつじょう)にまみれてゆく。

「今日からここで暮らすことになった、カナタくんだ。身体を清めて、着替えさせてあげて欲しい」

「わかりました」

青年は、ぼくの腕を掴み、どこかに連れていこうとする。なぜかわからないけれど、院長も、アーロンに「彼のことはお任せください。もうお帰りいただいても構いませんよ」

と告げ、一緒についてきた。

院長室を出るなり、院長はぼくの首筋に鼻をすり寄せ、くんくんと匂いを嗅ぐ。

首筋を舐められそうになって、ぼくは院長の身体を押し退けて悲鳴を上げた。

「やめてください！」

抗ったけれど、青年に押さえつけられ、壁際に追い込まれてしまう。

「おい、お前たち、なにをしている！」

院長室から飛び出してきたアーロンが、院長と青年を引き剥がしてくれた。

「神に仕える聖職者のくせに。いったいなにを考えているんだ！」

院長たちを怒鳴りつけ、アーロンはぼくを素早く背後に隠す。

「あなただって、散々楽しまれた後なのでしょう？　そうでなければ、こんなにも淫らな誘惑香に、正気を保っていられるはずがない」

「貴様らクズと一緒にするな！　このガキは、好きでこんな匂いをさせてるわけじゃないんだ！」

アーロンはぼくの腕を掴み、修道院の外に引きずってゆく。

「こんな穢れた場所に、お前を預けるわけにはいかない。くそ、いったいどこに預ければ……」

途方に暮れたように、アーロンはため息を吐く。

「別に、アーロンが心配してくれなくても。ぼく、一人でなんとかするよ」

強がってみたものの、この世界のことをなにも知らないぼくに、行く当てなんてどこにもない。

「そういうわけにはいかない。成り行きとはいえ、一度拾っちまったんだ。安全な居場所が見つかるまで、俺が責任を持つ」

責任感が、とても強いのだと思う。

アーロンはきっぱりとそう言い切り、馬車の座席にぼくを乗せた。


向かった先は、昨日泊まった宿屋だった。部屋に荷物を置いた後、アーロンはぼくを連れて、ドワーフの営む酒場へと向かう。

この街には、食堂のような場所は存在しないようだ。

食事を摂るには、屋台で売っている軽食を買うか、酒場に行くしかない。

「酒場は午後にならないと、営業していないんだよね？　じゃあ、午前中にお腹が空いた人は、屋台以外選択肢がないってこと？」

ぼくの問いに、アーロンは怪訝な顔をする。

「朝っぱらから、外で飯を食う人間なんていない。たいていは、パンや飲み物で軽く済ませるからな」

「それは、お店が開いていないから、仕方なくそうしているんじゃない？　開いていたら、朝からゆっくり食事を摂りたい人も多いと思うよ」

ぼくの生まれ育った街は、愛知県名古屋市。喫茶店のモーニング文化が盛んな場所だ。

週末は少し遅めに起きて、家族みんなで喫茶店に行って、おいしい朝ごはんを食べるのが定番だった。

両親が離婚、再婚して以降、家族で行くことはなくなったけれど。

専門学校生になってからも、ぼくは時折、少ない生活費のなかから、モーニングに行くようにしていた。

朝からおいしいごはんを食べると、その日、一日幸せな気持ちで過ごせる。

それは身体に染みついた、習慣のようなものだ。

「まだ開いてねぇよ」

酒場の扉を開けると、ドワーフの店主に面倒くさそうな声で言われた。

「そんなのは見りゃわかる。お前に頼み事があって来たんだ」

カウンターのなかで忙しそうに仕込みをする店主に、アーロンはそう切り出した。

「なんだ、頼み事ってのは。面倒ごとなら、勘弁してくれよ」

不機嫌そうに眉をひそめた店主の近くに、アーロンはぼくを連れて行った。

カウンター内には店主だけでなく、従業員と思しきドワーフも何名かいる。

そのなかの誰ひとりとして、酔客や修道士たちのように、ぼくにいやらしい目を向けてくる者はいなかった。

「やはりな。お前たちドワーフには、このガキの誘惑香は効かないようだ」

ふむ、と頷き、アーロンは店主に向き直る。

「なあ、ベイル。このガキを、この店で雇ってはくれないか」

ベイルというのは、店主の名前らしい。

アーロンの唐突な申し出に、ベイルは呆れた顔をした。

「その細っこいガキに、なにができるってんだ。なにもできないガキを押しつけるつもりか」

パン生地を捏ねているのだと思う。板の上で白い固まりを練っているベイルに、ぼくはおずおずと伝えた。

「たいていの料理は作れます。今捏ねてるそれ、パンですよね？　パンの成形もできますよ」

「できもしないのに、はったりかましてるんじゃないだろうな」

「やってみせましょうか？」

高校時代、パン屋で製造のアルバイトをしていた。

朝早くて大変だったけれど、バイト上がりに焼きたてのパンを分けて貰える、とてもありがたいバイト先だったのだ。

人と接するのが苦手なぼくにとって、黙々とパンを捏ね、成形するのは、とても楽しい時間だった。専門学校に行くとき、最後まで製パンと調理、どちらに行くか悩んだくらいだ。

「できるもんなら、やってみろ」

ベイルに言われ、ぼくはカウンターのなかに入ってパン生地に触れた。

すでに発酵が終わり、成形するだけの状態のようだ。

こういう酒場で出すのなら、凝った形のものよりも、丸くて均一の形のもののほうが、よさそうに思う。酒の肴(さかな)に合わせるから、あまり大きくないほうがいいだろう。

まん丸な食べやすそうなサイズのパンを、ぼくは手早く成形してゆく。

毎日やっていたことだから、目を瞑ってたってできる、慣れた工程だ。

「意外に器用だな」

ぼくの手元を見て、ベイルは少し驚いたような声を上げた。

「作れるのはパンだけか？」

「いいえ。さっきもお伝えしたとおり、たいていのものは作れます」

ふむ、と頷いた後、ベイルは、野菜の皮むきをしている坊主頭のドワーフに、「おい、ケイジ。こいつにナイフを貸してやれ」と命じた。

ケイジと呼ばれた坊主頭のドワーフからナイフを受け取り、野菜の皮を剥く。

専門学校で、かつら剥きの特訓をさせられたから、皮むきは大得意だ。

するすると手早く皮を剥き続けるぼくを見て、ベイルは「ほお」と感心したように目を見開いた。

「じゃあ、この材料でなにか適当に作ってみろ」

作業台の上に載った野菜や干し肉、卵、チーズを指さし、ベイルは言う。

ぼくは手早く野菜と干し肉を刻んで鉄鍋で炒め、調味して、卵でくるんと巻いて、オムレツを作って見せた。

できあがったオムレツを見て、「こんな料理、始めて見るぞ」とベイルは興味深げな顔をする。

ふわふわ黄色い卵に包まれた、干し肉とチーズ、野菜のオムレツ。

ベイルはひとくち頬張ると、「なんだ、このうまい料理は！」と叫んだ。

「おいしいですよね。オムレツ。ぼく、大好物なんです」

興味を惹かれたのか、ケイジたち他のドワーフやアーロンも味見に集まってきた。

「ふわふわの卵と、とろとろのチーズ！　干し肉の旨味もしっかり味わえて、最高にうまいな！」

歓声を上げるケイジに続き、アーロンも感心したようにぼくに目を向ける。

「お前、こんな才能があったのか……」

ベイルは、皿に残った最後のかけらを口に運び、もぐもぐと真剣な表情で味わった。

「手早さ、味、見栄え、なにをとっても完璧だ。お前さえよければ、今日からここで働け。住む場所も提供してやる」

「え、いいんですか!?」

「もちろんだ。これだけ腕のいい職人なら、異種族でも迷わず雇う。お前さん、いったい今まで、どこで働いていたんだ？　宮廷か？」

「いえ。料理の学校を出たんですけど。口下手で、どこも雇ってくれなくて……」

おずおずとぼくが答えると、ベイルは太い腕を組んで片眉を吊り上げる。

「料理人に、口のうまさなんか、必要ねぇだろ。口下手だろうが、腕さえよけりゃ、なんの問題もない。アホだな、お前を雇わなかった奴らは」

「だな。大アホだ」

ベイルだけでなく、他のドワーフたちも、ウンウンと頷いてくれた。

「見た目は荒くれっぽいが、コイツら、めちゃくちゃいい奴らなんだよ」

アーロンが褒めると、ドワーフたちは照れくさそうに、鼻の下を擦ったり、自分のほっぺたを叩いたりし始める。

「いつから働けるんだ？」

「いつからでも、働けます！」

ぴんっと背筋を伸ばして答えると、ベイルは「そんじゃ、今からでも頼めるか？」と言ってくれた。

振り返ってアーロンの反応を確かめると、彼は「そうしろ」と、軽くぼくの肩を叩く。

「そんな不安そうな顔をするなよ。客として、様子を見に来てやる。とりあえず、ちゃんとここで働けるか、試しに働いてみろ」

「わかった、やってみる」

魔獣に襲われていたのを助けられて以降、ずっとアーロンがそばにいてくれた。

彼と離れるのは少し不安だけれど、いつまでも世話になり続けるわけにもいかない。

「んじゃ、俺は行くぞ」

軽く手を挙げ、アーロンはぼくに背を向ける。

「ちょ、ちょっと待って」

あまりにもあっさり店を出て行こうとするから、ぼくは反射的にアーロンを呼び止めてしまった。

「なんだ」

不思議そうな顔で、アーロンが振り向く。

菫色の瞳でじっと見据えられ、なぜだかわからないけれど、どくんと心臓が跳ね上がった。

「色々とありがとう。アーロンが助けてくれなかったら、今ごろ、魔獣の餌になってた」

ぼくの言葉に、アーロンはニヤリと笑って答える。

「言っただろう？　それが俺の務めだって。困っている民を見かけたら、助ける。そういう役目なんだ」

なんでもないことのように言って、再びぼくに背を向ける。

「そんじゃ、ベイル、このガキのこと、頼むぞ」

「ああ、頼まれてやるよ。腕のいい兄ちゃんを連れてきてくれて、ありがとな、アーロン。

賞金稼ぎに行くんだろ？　これ、持ってけ」

ベイルが肉や野菜を挟んだパンの固まりを木の葉に包み、アーロンに放り投げる。

アーロンはそれを受け取り、今度こそ店を出て行ってしまった。

第三章　ドワーフ酒場とふわふわオムレツ

ドワーフの酒場は、大人気のようだ。

開店と同時に、たくさんのお客さんがやって来た。

「カナタ、この肉を焼いてくれ！」

「あ、はいっ」

「カナタ、こいつを窓際の席に届けろ」

「届けてきます！」

目が回りそうな忙しさで、次から次へと仕事が発生する。

ぼくの放つ誘惑香は、アーロンの言うとおり、とても強いもののようだ。

お客さんに料理を届けに行くたびに、そこかしこから、口笛を吹かれたり、口説かれたりする。なかには強引なお客さんもいて、突然抱き寄せられて身体を触られたり、キスされそうになったりした。

そのたびに店主のベイルが客を怒鳴りつけたり、どついたりして、ぼくを助けてくれた。

「カウンターのなかでだけ働かせてやったほうが、安全かもしれねぇけど。過保護にすぎると、いつまで経ってもここでの暮らしに慣れられねぇだろ。店ンなかにいるあいだは、俺らが守ってやれるけど。店の外に出たら、お前さんは自分の身を、自分で守らなくちゃならねぇんだからな」

ベイルに言われ、ぼくは小さく頷いた。

元の世界に帰る方法が存在しないのだとしたら、ぼくはこの世界で生きていくための、力を身につけなくちゃいけない。

いつまでも、周りに頼り続けるわけにはいかないのだ。

ぐっと拳を握りしめ、「頑張ろう！」と心に誓ったそのとき、背後からぬっと腕が伸びてきて、誰かに抱きすくめられた。

「兄ちゃん、いい匂いがするなぁ。こんな店で働いたって、たいした稼ぎにならねぇだろ。俺の愛人にならないか」

耳元で囁かれ、ぞわっと背筋が寒くなった。

「け、結構です……！」

自力で払いのけようとしたけれど、男はとても力が強く、どんなに抗ってもびくともしない。

耳朶に生暖かい息を吹きかけられ、悲鳴を上げそうになったそのとき、勢いよく出入り口の扉が開いた。

「貴様、誰に手ぇ出してんだ。そのガキは俺の連れだ」

冷ややかな低声が響き、ぼくを抱きすくめていた男の腕が、パッと離れる。

「あ、アーロン……！　す、すまん。まさか、お前のモンだとは知らなくてっ……」

怯えた声で、男は後ずさる。

「俺のモンってわけじゃないが、俺の恩人の大切なご子息なんだ。もしこのガキに手ぇ出したら、ただじゃおかないから覚えておけ。皆もだ。わかったな？」

アーロンはぼくの肩を抱き、店内の客たちに言い聞かせるように声を張った。

「アーロンの庇護下にあるんじゃ、軽々しく手は出せねぇな……」

「アーロンを敵にまわしたら、命がいくつあっても足りねぇぜ」

酔客たちが、口々に言い出す。

「アーロンって、そんなに強いの？」

思わず訊ねたぼくに、ベイルは、おかしそうに笑って見せた。

「強いなんてもんじゃねぇ。バケモノだ。『武神の生まれ変わり』って恐れられているんだ。この界隈でアーロンのことを知らねぇ奴なんか、一人もいないぜ」

ベイルの言葉に、アーロンは「大げさなことを言うな」と眉根を寄せる。

「大げさなんかじゃないですよ。この前なんて、時計台よりもデカい巨大な魔獣を、一人で討伐しちまったんです。集落を二つも壊滅させた、とてつもなく凶暴な魔獣だったんですよ」

酔客のひとりが、そんなふうに教えてくれた。

「盗賊の群れを、一人で殲滅させたこともあったな。ありゃ三十人以上いただろ？」

次々と語られる、アーロンの武勇伝。皆、アーロンのことを尊敬するのと同時に、畏怖の念を抱いているようだ。

アーロンが威嚇して以降、誰ひとりとしてぼくに手を出してこなかった。

「夏至祭までは、この街にいられそうなんだ。それまでの間に、酔客どもに、お前が俺の庇護下にあることを知らしめておいてやる。そうすれば、ちょっかいをかけてくる輩も減ると思うんだ」

アーロンはそう言うと、カウンター席にどかっと腰を下ろした。

厨房内のぼくと酔客を遮る形になって、ぼくをからかう声や口笛は、いっさいしなくなる。

「夏至祭？」

「ああ、七日後に行われるんだ。盛大な夜市が出るし、花火も上がる。この街が、一年でいちばん賑わう夜だ」

ベイルから酒の入ったジョッキを受け取り、アーロンは一気に飲み干した。

「夏至祭の後、アーロンはどこに行くの？」

ぼくの問いに、アーロンは不思議そうに目を眇める。

「なぜ、そんなことを聞く？」

「べ、別に、なんでもないっ……」

ふいっと目をそらしたぼくに、ベイルが意味ありげな視線を向けてくる。

ぼくはベイルに背を向け、途中になっていた野菜のみじん切りを再開しようとした。

「カナタ、さっきのアレを作ってくれよ。塩漬け肉や野菜を炒めて、卵で包んだやつ。さっきはひとくち味見しただけだったからな。もっと食べたいんだ」

二杯目のジョッキを口元に運びながら、アーロンはぼくにそう言った。

「作ってもいいですか？」

ベイルにお伺いを立てると、「好きにしな」と言われた。

残り物の野菜を刻んで、塩漬け肉と一緒に手早く炒める。卵を割り落とし、チーズと共に包んで焼くと、ふわふわのオムレツができあがった。

「相変わらず、うまそうな匂いだな。どれ、いただくか」

ひとくち頬張り、アーロンが大きく目を見開く。

「すばらしい旨さだな！　こんなにも旨い卵料理、俺は今まで一度も食べたことがなかったぞ。さっき味見したときの味わいが、今日一日、ずっと口のなかに残っていたんだ」

叫び声を上げたアーロンの元に、酔客たちの視線が一斉に集まってくる。

「珍しいもの喰ってんなぁ。店主、俺もそれをくれ」

「俺も！」

「アタシも欲しい！」

アーロンともう少し話していたかったのに。

そこかしこから注文の声が上がり、ぼくはオムレツ作りに追われる羽目になってしまった。

閉店時間になり、酔客たちが、ひとり、ふたり、と宿や自分の家へと消えてゆく。

アーロンも立ち上がりかけたそのとき、ベイルが彼を呼び止めた。

「待て、アーロン。カナタの住まいなんだがな、すぐには用意できそうにないんだ」

ベイルの言葉に、アーロンは片眉を上げる。

「なぜだ。お前ンところは、従業員の寮があるだろう」

「あるにはあるが、ドワーフ専用だ。この兄ちゃんが眠れるサイズのベッドは用意がないんだよ」

「あ、別にぼく、床でも大丈夫で……痛いっ」

大丈夫ですよ、と言いかけ、ベイルに脇腹をどつかれる。

「な、なにするんですかっ」

「いいから黙っとけ」

小声で囁き、ベイルはアーロンに向き直る。

「夏至祭までには、なんとかする。それまではアーロンの宿に、泊めてやってくれ」

「俺の部屋に、か？」

アーロンの眉間に、にわかに皺が寄る。

「なんだ、不都合でもあんのか？」

「別に、不都合なんてないけど……」

なぜか言い辛そうに、アーロンが口ごもる。

「やっぱりぼくは床に——痛っ」

　またもや、ベイルの肘鉄が飛んできた。

「黙ってろ、って言ってるだろ！」

　さっきまでは優しかったのに。ベイルはなぜかぼくの言葉を封じ込め、アーロンの宿に泊まるよう命じた。


　閉店作業を終えた後、ベイルたちにおやすみの挨拶をして、酒場に隣接する宿屋のアーロンの部屋へと向かう。

「ベイル、なんだか怒ってるみたいだったし。本当はぼくのこと、雇いたくないのかな……」

　先刻のベイルの不自然な態度を思い出し、ぼくは不安を口に出した。

「そんなことはないだろう。あの男は、なんでもハッキリ口に出す男だ。雇いたくなかったら、絶対に雇わない。お前のこと、気に入ってるんだと思うぞ」

　宿の扉を解錠しながら、アーロンがちいさく首を振る。

「そうかなぁ。じゃあ、どうしてあんなこと……」

　ぼくが従業員寮の床で眠れば、アーロンに迷惑をかけずに済むのに。

　このままだと、しばらく彼の部屋にお世話になり続けることになる。

「なにを考えているのかわからんな。ああ、そうだ。カナタ。お前、湯浴みをしろよ。そうすりゃ、少しは誘惑香が和らぐかもしれん。近くに、温かい水の流れる川があるんだ」

「温かい水？　温泉みたいなものかな」

「オンセン？　なんだ、それは」

　不思議そうな顔で、アーロンが首をかしげる。

「天然の、あったかいお風呂のこと」

「まあ、そんなようなもんだな。行くか？」

「行く」

　この世界に来てから、一度もお風呂に入れていない。できることなら、一刻も早く身体を洗いたいし、ゆっくり湯船に浸かりたかった。

「よし、じゃあ行くか。着替えも用意してやったぞ。その珍妙な服じゃ、目立ちすぎるからな」

　アーロンはそう言って、ぼくに真新しい服を何着か差し出した。

「ありがとう。お給金が出たら、払うね」

「そんなもの、気にするな。お前、無一文なんだろう。そんな奴から金をむしり取れるわけがない」

「でも……っ」

　申し訳なさを感じたぼくに、アーロンはニッと笑って白い歯を見せた。

「悪いと思うなら、明日もあの、うまい卵料理を作ってくれ。あれ、最高に気に入ったんだ。お前、ものすごい才能の持ち主なんだな」

「才能なんて……ないよ」

　調理師専門学校でも褒めて貰えることが多かったけれど。それでも、極度の人見知りで口下手なぼくは、就職先ひとつ、見つけられなかった。

　手先が不器用で、実習で叱られてばかりの生徒だって、面接が得意な者は、ちゃんと就職先を見つけられたのに。

「なくないだろう。あんなにうまい料理が作れるんだ。お前の作る料理は、宮廷料理人の作る料理よりもうまい。胸を張れよ」

「大げさだよ。宮廷料理人の作る料理なんか、アーロン、食べたことないだろ」

　どう見ても王室や貴族とは縁のなさそうな、いかにも荒くれ者っぽいアーロンのことだ。ベイルの酒場のような、庶民的な店でしか、ごはんを食べたことがないのだと思う。

　だから、ぼくの作る料理を珍しく感じるだけで。きっと、ぼくの料理なんか、たいしたことがないと思う。

「なくはない」

嘘を吐くタイプには見えないけれど。ぼくから目をそらして、アーロンはそんなふうに答えた。


木桶に真新しい服を入れて、アーロンと共に、温かい水が流れる川に向かう。

夜の街は、静まりかえっていた。

外灯もなく、月明かりとアーロンの手にしたランタンの光だけが頼りだ。ちょっと怖いけれど、アーロンがそばにいてくれると、安心できる気がした。

宿屋から、街外れにあるその川までは、徒歩十分くらいかかった。

周囲には木が茂っていて、ひと気はない。それでも、裸になるのはちょっと照れくさかった。

アーロンは、ちっとも恥ずかしさを感じないタイプのようだ。おもむろに服を脱ぎ、先に川に入ってゆく。

置いていかれるのが嫌で、ぼくは慌てて服を脱いだ。

「ほら、手を貸せ。滑らないように、捕まえていてやるから」

アーロンは、そう言って、ぼくに手を伸ばす。

服を着ていても、アーロンの逞しさはよくわかったけれど、一糸まとわぬ姿になると、まるで彫像のように美しい肉体をしているのだということがわかる。

鍛え抜かれた肉体美を、できるだけ視界に入れないようにしながら、ぼくは、おずおずと手を伸ばす。

「おい、なにをよそ見している」

「べ、別によそ見なんて……っ」

してない、と答えようとして、ぼくは、濡れた川底の石に足を滑らせてしまった。

アーロンの逞しい腕が、素早くぼくを抱き留める。

「大丈夫か？」

「だ、だいじょぶ……」

みっしりとした筋肉に覆われた、アーロンの腕の感触。あたたかな体温。そして――身体の奥が蕩けそうな、雄臭くて蠱惑的(こわくてき)な匂い。

ふらぁ、と意識が遠のきそうになって、ぼくはぎゅっと拳を握りしめる。

「へいき、だから、離して……」

そう言いながらも、身体から力が抜けて、うまく立っていられそうにない。

ゆらゆらと揺れるぼくの身体を、アーロンは呆れたように抱きかかえた。

「わっ……、なにをっ……」

姫抱きにされ、水に浸かっていたぼくの下半身が露わになる。

半勃ちになった股間を、ぼくは慌てて手のひらで隠した。

「向こうのほうが、浅いんだ。悪いな。俺は自分が肩まで浸かりたいから、いつもここから入るんだが。お前からしたら、ここは深すぎるよな」

優しい声音で言うと、アーロンは浅瀬のほうに、ぼくを連れて行く。

川は流れが穏やかで、温泉ほどではないものの、温かい水で満たされている。

「ほら、ここならお前にもちょうどいいだろう?」

アーロンが降ろしてくれたその場所は、川底に腰を下ろしても、胸くらいまでしか深さのない浅瀬だった。

「ありがとう……」

ぼくは『胸くらい』だけれど、アーロンはバッキバキに割れた腹筋が露出している。見ちゃいけない、と思い、ぼくは慌てて視線をそらした。

「さっきから、なんだか様子がおかしいな。酒場の仕事で疲れているのか?」

心配そうな声で、アーロンがぼくに問いかけてくる。

「べ、別に。そういうわけじゃ……」

身体を包み込む川の水は、とても心地がよくて。ほっとひと息ついて寛ぎたいのに。すぐそばにアーロンの裸体があるせいで、ドギマギしてしまう。

「もしかして、裸を見られるのが恥ずかしいのか?」

「え、あ、えっと……」

正直に言えば、それもある。だけど、すばらしい肉体美のアーロンと違い、ぼくの裸なんて、見ても誰も嬉しくないような、貧相で無価値なものだ。

「安心しろ、カナタ。お前を性的な目で見ないと誓うから。――なんて言っても、信じては貰えないか。ほら、見えないようにお前に背中を向ける。これでいいだろう?」

アーロンはそう言って、ぼくに背中を向ける。

隆々とした筋肉に覆われた、広くて大きなアーロンの背中。その背中には大きな入れ墨が彫り込まれており、無数の傷が刻まれていた。

「アーロン」

「なんだ?」

アーロンはぼくに背中を向けたまま、返事をする。

「アーロンは、なんの仕事をしているの?」

「わかりやすく言えば、『賞金稼ぎ(ハンター)』かな。国内各地を回って、その地を荒らす魔獣や盗賊を駆除しては、賞金やギルド報酬を貰って生活してる」

アーロンはそう答え、ざばんと川の水で顔を洗う。

つられるように、ぼくも川の水を顔にかける。温かい水で顔を洗うのが、こんなにも心地よいものだなんて。毎朝晩、好きにお風呂に入れたときには、ちっともわからなかったことだ。

「じゃあ、お金持ちだね？」

アーロンはとてつもなく強い、と酒場の皆が口々に言っていた。そんな彼なら、たくさん賞金を稼げるのではないだろうか。

「そうでもないぞ。魔獣や盗賊の被害が多い地域ってのは、それだけ被害に遭ってる人間も多いってことだ。賞金の大半は、困ってる人たちに渡すことにしている」

「えっ、どうして!?」

危険な思いをして魔獣や盗賊を倒して稼いだお金を、見返りもなく誰かにあげてしまうなんて。ぼくにはちょっと理解できそうにない。

「俺には養わなくちゃいけない家族もいないしな。酒は好きだが、博打（ばくち）にも女にも興味がないし、特に使い道がないんだ」

なんでもないことのように言った後、アーロンはつけ加えた。

「ああ、だけど最近は、少し蓄えてもいるぞ。旅費が必要になるからな。船を買わなくちゃいけないし」

「船？　アーロン、船でどこかに行くの？」

『夏至祭の後、街を出る』とは聞いていたけれど。行き先までは教えてもらっていない。わざわざ船を買うなんて。遠い場所に行ってしまうのだろうか。

「海竜を探しに行こうと思ってる」

「海竜？」

「ああ、海に棲む竜のことだ。そいつを探すのが、俺の長年の目標だったんだ」

地理学者のルキアに協力してもらい、海竜の住み処を探し続けていたのだそうだ。ようやく居場所を掴み、そこまで向かう船を買う算段もついたのだという。

「その住み処は、ここから遠いの？」

「順調にいけば、船で、ひと月くらいかかな。海が荒れれば、もっとかかるかもしれないけれど」

「ひと月……」

思わず呟くと、不思議そうな顔をしたアーロンが、ぼくを振り返った。

「なんだ。俺がいなくなって、寂しいか？」

「べ、別に、寂しくなんかないっ……！」

ふいっと顔を背け、アーロンに背中を向ける。

「俺は心配だぞ。身寄りのないお前が、この街でちゃんと生きていけるのか、不安なんだ」

背後から、アーロンの低くてなめらかな声が聞こえてくる。

どんな表情で言っているのか見てみたい衝動に駆られたけれど、頬が熱く火照って、とてもではないけれど、顔を合わせる気にはなれない。

赤面していることに気づかれないように、ぼくは両膝を抱えて、体育座りのような姿勢で顔を伏せた。

「働く場所も見つかったし。別に、一人でも平気、だよ」

本当は、とても心細い。だけど、だからといって、いつまでもアーロンに頼るわけにはいかないと思う。

「すまないな。夏至祭が終わった直後じゃないと、渦潮が収まらないんだ。一年に一度、その時期にしか、渡れない海峡があるんだよ」

申し訳なさそうな声で、アーロンは言う。別にアーロンには、ぼくの世話をする義務なんかないのに。その声はとても真摯に感じられた。

「実はな、俺もお前くらいの年の頃に、居場所をなくしているんだ。色々あって、家族の元を離れ、一人で生きなくちゃいけなくなった」

ふだんは自信に満ち溢れているアーロンの声が、少しだけ寂しそうに聞こえて、ぼくは伏せていた顔を上げる。

今度こそ、どんな表情で言っているのか気になって、つい、振り返ってしまった。

アーロンと思いきり目が合い、ばくん、と心臓が跳ねる。

顔がよすぎるのは、やっぱりずるい。

目が合うだけで、ばくばくと心臓が暴れまわってしまうのだ。

「ぼく、アーロンに年齢教えたっけ？」

首をかしげたぼくに、「十三歳くらいだろ。俺が家を出たのは十歳の頃だけど、たいして変わらない」と、とんでもない言葉が返ってくる。

「十三歳!?　そんなわけない。二十歳だよ！　もうすぐ二十一歳。とっくに成人済みだ！」

思わず身を乗り出して反論したぼくに、アーロンが大きく目を見開く。

「なに、二十歳!?　冗談だろ!?」

零れそうなほど大きく目を見開いたまま、アーロンが驚愕(きょうがく)している。

確かに元の世界でも高校生くらいに間違われることはあったけれど。それでも、十三歳なんて言われたのは初めてだ。

「だってお前、毛もちっとも生えていないじゃないか。髭も生えてないし。腕も足もつるつるだろ」

「こ、これはっ……」

手と足は、元々あまり毛が生えづらい体質だ。髭は、専門学校生になった初めての夏休みに、街中でキャッチセールスに引っかかり、永久脱毛をした。だけど、同級生でも髭の永久脱毛をしている人はいたし、ぼくだけが特殊ってわけじゃないと思う。

「髭が生えてこなくする施術があるんだよ」

「毎日剃らなくていいってことか。そりゃ便利な術だな」

へえ、とアーロンはぼくの顎に手を伸ばす。

「なっ……」

「すごいな。本当につるつるだ」

アーロンは感心したように、ぼくの顎や頬を大きな手のひらで撫でまわした。

「く、くすぐったい……！」

びくんと身体を跳ねさせたそのとき、今度は腕に触れられた。

「腕も、施術したのか？」

「腕は……単に生えにくいだけ」

腕を撫でまわされ、くすぐったさに身をよじったそのとき、「ぁっ……」と変な声が漏れてしまった。

足にも触られるんじゃないかと不安になったけれど、アーロンは気まずそうにぼくから手を離し、「すまん」となぜか頬を赤らめて、ぼくから視線をそらす。

「あまりにも触り心地がよすぎて、調子に乗って撫でまわしてしまった。同意もなく勝手に触って、すまなかったな。これじゃ、お前に言い寄ってくる酔客と同じだ」

アーロンはそう言って、自分自身を罰するかのように、己の頬を平手打ちした。

「子どもだとばかり思いこんでいて、つい過保護にしすぎた。大人だったんだな。これからは、むやみに触らないよう気をつけるよ」

正直に言えば、アーロンに触られても、ちっとも嫌な感じがしなかった。

むしろうっかり感じてしまい、今もぼくの中心は、腹につくほど天を仰いでいる状態だ。だけど、「別に嫌じゃないから、触ってもいいよ」なんて言えるはずもなくて。ぼくは「子ども扱いして、酷い！」と、心にもない悪態を吐いてしまった。

宿屋に戻ると、アーロンはなぜかぼくにベッドを譲り、自分は硬い床の上で眠ろうとした。

「どうして、床で寝るの？」

昨日は一緒にベッドで眠ったのに。なにか、気に障ることをしてしまっただろうか。

不安になったぼくに、アーロンは背中を向けたまま答える。

「ガキだとばかり思っていたから、昨晩は隣で寝ても問題ないと思ったんだ」

「別に、大人でも変わらないと思うけど？」

宿屋のベッドはとても大きい。二人で眠っても、窮屈（きゅうくつ）さは感じなかった。

「変わらなく、ない」

なぜだかわからないけれど、アーロンの頬が微かに赤い。もしかしたら、長湯をしすぎたのかもしれない。

「じゃあ、ぼくが床で寝る。ベッドを使わないと、疲れが取れないよ」

アーロンの腕を掴み、ベッドに引っ張り上げようとする。どんなに頑張っても、アーロンの大きな身体は、びくともしなかった。

仕方がないから、ぼくはベッドを飛び降り、アーロンの隣に寝転がる。

「おい、やめておけ。身体が痛くなるぞ」

「アーロンだって痛くなるよ」

「俺はいいんだ。慣れてるから」

ふん、と鼻を鳴らし、アーロンはぼくを押し退けようとする。

「ダメだよ。ここの宿代は、アーロンが払ってるんだから」

反論したけれど、アーロンは、ぼくを押し退け、ぼくが眠るスペースをなくそうとする。

対抗するように、ぼくはアーロンとベッドの隙間に身体をねじこむようにして、無理矢理横になった。

「ったく……。見た目だけじゃなくて、中身もガキだな」

呆れた顔で言うと、アーロンは、ぼくをひょいっと抱き上げ、ベッドに横たえようとする。

「いやだ。絶対に床で寝る！　アーロンがベッド！」

アーロンの身体を両足で挟み込み、ユーカリの木にしがみつくコアラみたいに、ぎゅうぎゅうにしがみつく。

「あー、もう、わかった、わかった。本当に聞き分けのない子どもだな」

大きくため息を吐き、アーロンはぼくにしがみつかれた状態のまま、ベッドに身体を横たえた。

アーロンから手足を離し、ぼくは床に向かおうとする。

「ダメだ。お前もここで寝ろ」

　素早く首根っこを掴まれ、ベッドに引き戻された。

「ぼくと一緒に寝るの、嫌なんじゃないの？」

　ぼくの問いに、アーロンは欠伸混じりに答える。

「もういい。諦めた。俺さえキッチリ理性を保っていれば済むことなんだ。ほら、寝るぞ」

　ぼくに背を向け、アーロンは、なぜか洗濯ばさみのようなもので鼻を挟んだ。

「なに、それ」

「これがあれば、お前の誘惑香を嗅がずに済む」

　真面目くさった顔で答えるアーロンの、精悍な顔だちと洗濯ばさみのギャップがおかしすぎて、ぼくは思わず吹き出してしまった。

「ったく。誰のせいだと思ってんだ」

「ぼくだって、好きで誘惑香なんか、出してるわけじゃない！」

　それに、アーロンはすぐ人の香りのせいにするけれど、ぼくなんかよりずっと、アーロンの匂いのほうが危険だ。

　湯上がりのはずなのに。今もアーロンからは、頭がクラクラしてしまいそうなほど、雄臭くセクシーな匂いがしている。

「安心しろ。絶対に、お前を襲ったりしないから」

ぼくに背を向けたまま、アーロンはそう言った。

「別に、襲われる、とか、思ってない」

ぷいっとアーロンに背中を向け、ぼくもベッドに横になる。

距離感を間違えて、うっかりアーロンのすぐそばに寝転がってしまった。

互いの背中がくっついてしまい、慌てて離れようとする。

だけど、服の布地越しに触れたアーロンの背中の温かさが、あまりにも心地よくて、ぼくは離れられなくなってしまった。

うっとうしい、って、押し退けられるかもしれないと思ったけれど。

アーロンはぼくを押し退けたりしなかった。離れていこうともしない。

ぼくらは互いに背を向けあい、ぴったりと背中をくっつけたまま、「おやすみ」「ああ、おやすみ」と、おやすみの挨拶を交わし合って眠りについた。

翌日からも、アーロンは毎晩ドワーフの酒場に、ぼくの様子を見に来てくれた。

日中は、賞金稼ぎの仕事で朝から晩まで忙しく動き回っているせいで、お腹が空いているのだと思う。

店に来ると、真っ先に『オムレツ』を注文して、大きな口を開けて思いきり頬張る。

「カナタの作る卵料理、本当にうまいな」

心底おいしそうな笑顔で、アーロンは、いつもそう言ってくれた。

今日は夏至祭の夜だ。明日になれば、アーロンはいなくなってしまう。

互いに仕事があるから、アーロンと一緒に過ごしたのは、酒場が閉店した後の、ほんのわずかな時間だけだった。

温かい川に入って一日の疲れを癒やし、宿屋に戻って眠るだけ。

たったそれだけのことを、六回しただけ。

それだけなのに。どうしてこんなにも、寂しい気持ちになるのだろう。

気が散っているのだと思う。ふだんなら、目を瞑っていたって絶対に失敗しないのに。

卵を割るのを失敗して、殻が卵液に入ってしまった。

慌てて殻を拾い上げていると、酒場の店主、ベイルが目ざとくそれを見つけ、片眉を吊り上げた。

「なんだ、カナタ。よそ事でも考えてんのか」

「べ、別に、そんなことっ……」

慌ててふためくぼくに、ベイルはニヤリと笑ってみせる。

「ははぁ、お前さん、ガキだかならなぁ。花火が見たくて仕方がねぇんだろ」

「ち、ちがっ……」

異世界の花火がどんなものなのか、確かに気になるけれど。別に、花火に気を取られてそわそわしているわけじゃない。

だけど、正直に『アーロンがいなくなっちゃうのが寂しい』なんて、言えるはずもなくて、ぼくはなにも答えられずに俯いてしまった。

「しゃあねぇなあ。ほら、行ってこいよ」

ベイルはそう言って、ぼくに小銭を投げて寄越す。

「花火だけじゃねぇ。盛大な夜市も出てるんだ。それで、うまいもんでも喰ってこいよ」

「そ、そういうわけには。だって、今夜はこのお店もすっごく賑わってますよね?」

さっき、他のドワーフたちが、一年でいちばん酒場が賑わう日だと言っていた。

そんな大変な日に、自分だけ仕事を抜け出すなんて、できるはずがない。

「だからだよ。わかんねぇのか。こんだけ忙しいと、お前さんが酔客にちょっかいかけられても、守ってやる暇がねぇんだよ。特に今日は、街の外からの客も多いし。お前さんがアーロンの庇護下にあるってのも、知らねぇ輩が多いんだ」

言われてみれば、確かに今日はいつにも増して、色んな人に口説かれたりちょっかいをかけられたりしていたような気がする。

そのたびにベイルが助けてくれたから、無事だったけれど。そのせいでベイルの仕事を邪魔してしまっていたかもしれない。

「問題ない。俺が、閉店までコイツを見張っていてやる」

カウンター席に座ったアーロンが、ぐいっと酒を飲んで、ぼくに視線を向ける。

「強面のてめぇに長時間居座られちゃ、せっかくの稼ぎ時に商機を逃しちまうんだよ。アーロンも今日はとっとと帰れ」

「なんだ、そりゃ。まだちっとも飲み足りねぇよ」

「ンなもん、夜市で飲めよ。このガキを連れて、花火でも観に行ってこい」

なにかを反論しかけたアーロンは、ベイルとぼくを見比べ、なぜか口をつぐむ。

「仕方がないな。ガキのお守りでもしてくるか」

ジョッキの酒を一気に飲み干すと、アーロンはそう言って立ち上がった。

「行くぞ、カナタ」

「え、ダメだって。まだ仕事が……っ」

「行ってこい、カナタ」

しっし、とぼくを追い払うベイルの後ろで、他のドワーフたちが、なぜかニヤニヤしている。

「カナタ、夏至祭の花火はすげぇぞ。来年からは、まず休ませて貰えないだろうから。新人の役得だと思って、今のうちに楽しんできな」

同僚たちからもそんなふうに言われ、ぼくは渋々、彼らに従うことにした。

「花火を見たら、帰ってきて仕事を再開しますので！」

そう宣言したぼくに、ベイルが「今夜は帰ってくるな！」と言い返す。

「なんで、ですか」

「いいから、とっとと行け。明日からコキ使うからな。今のうちにゆっくり休むんだ。今日はもう、戻ってくるなよ！」

わけがわからない。しっし、とまたもや追い払われ、ぼくは釈然(しゃくぜん)としないまま、酒場の外に出た。

第四章　夏至祭の夜に

「ベイル、やっぱりぼくのこと、嫌ってるのかな……」

不安になったぼくに、アーロンは「ばぁか」と呆れた顔をする。

「お前のことを、めちゃくちゃ可愛がってるんだよ。本当なら魔獣の手でも借りたいくらい忙しいだろうに。そのために、お前に、夏至祭の夜を楽しませてやりたいがために、こうして暇を出したんだ。そのために、わざわざ小遣いまで持たせてくれたんだろ」

アーロンの言葉に、ぼくは目を見開く。

「そんな……。じゃあ、やっぱり帰って店を手伝わないと」

酒場に戻ろうとしたぼくの首根っこを、アーロンが雑に掴む。

「ばーか。こういうときは素直に甘えてやるのが、礼儀ってもんなんだよ」

ふだんなら、酒場以外の店は早い時間に閉店するのに。

今夜は、どの店も灯りがついていて、店先で飲み物や食べ物、雑貨や土産物などを売っている。

「ベイルって、顔は怖いけど、すっごくいい人だよね」

「だろ？　アイツの面倒見のよさは、町いちばんなんだ。料理の腕前もすごいが、気配りが抜群でな。だからアイツの店は、いつも繁盛してるんだ」

アーロンとベイルは、古くからの友人なのだそうだ。

友人として、誇らしく思っているのかもしれない。自分のことのように胸をそらすアーロンの横顔に、ぼくは、「アーロンも負けないくらい、いい人だよ」と、心のなかで呟いた。

「しかし、とんでもない混み具合だな。カナタ、絶対に俺の手を離すなよ」

ぎゅっとぼくの手を握りしめ、アーロンはぼくの身体を引き寄せる。

酒場から少し離れると、噴水のある中央広場の前に出る。噴水をぐるりと取り囲むように、出店が並んでいて、広場内はひときわ混雑していた。

どの店もカラフルな屋根にランタンを灯していて、ランタンの灯りの下で、様々な料理を作って売ったり、キラキラ光るなにかを売っていたりする。

「あれ、なに？」

ぼくは、広場を歩く人たちが手にしている、キラキラ光る飲み物を指さした。

「ああ、あれは星苺（ほしいちご）の炭酸水だな。近年の夏至祭で、流行っているらしい。昨年、酒場に持ってきたやつがいたんだ」

「星苺？」

「蓄光する苺のことだよ。普通の苺より幾分小さいんだが、日中に太陽の光を蓄えて、暗くなると発光するんだ。甘酸っぱくてうまいぞ。新鮮な実を搾った果汁に炭酸水とはちみつを注いで、凍らせた実を加えて売ってるんだ。飲んでみるか？」

アーロンはそう言って、ぼくの手を掴んだまま、光り輝くグラスの並んだ屋台へと連れてゆく。

淡い光を放つピンク色の炭酸水に、鮮やかな赤い実が光る、星苺の炭酸水。

近くで見ると、炭酸のぷちぷちが光を浴びてきらめいて、とても美しく見える。

ベイルから貰った小銭をポケットから出そうとして、さりげなくアーロンに阻止された。

「こういうときは、素直に奢られておけ」

アーロンはそう言うと、勝手に会計を済ませてしまう。

「奢ってもらう理由がないよ！」

反論したぼくを振り返り、「出立前の最後の夜くらい、奢らせろ」とアーロンは言った。

最後の夜。その言葉に、ぎゅっと胸が苦しくなる。

賑やかな夜市に集う人たちは誰もが楽しそうで、そこかしこから、明るい笑い声が聞こえてくる。

　ぼくだけが、水底に沈んでしまったみたいな気分だ。

「カナタ。ほら、手を貸せ」

　会計のために離していたぼくの手を、アーロンが再び掴む。

　アーロンの手のひらの温かさに、余計に胸が苦しくなった。


　星苺の炭酸水は、見た目だけじゃなくて味もとてもおいしかった。

　ほんの少しだけ加えたはちみつの甘さと、星苺の甘酸っぱい果汁。ぼくの暮らしていた世界よりも刺激が強い、口のなかでパチパチ弾ける炭酸水。

　凍らせた星苺のおかげでキンキンに冷えていて、飲むたびに、人だかりで蒸し暑い夜の街に当てられそうになっていた身体が、すうっと冷えてゆく。

「ん。凍ってる星苺、すっごくおいしい！　アーロンも食べる？」

　問いかけた後、ぼくは、飲みかけのジュースに入っているものなんか、嫌がられるに決まってるってことに、今さらのように気づいた。

「くれ。暑くてたまらないんだ」

　アーロンはぼくの手からグラスを奪い、星苺の炭酸水を飲んで、口のなかに星苺の実を含む。

「甘い物はあまり得意じゃないんだが、確かに凍った星苺の実はうまいな」

おいしそうに目を細め、アーロンは、ぼくにグラスを返す。

アーロンが、口をつけたグラス。

男同士なんだし、間接キスなんて、学生時代、クラスメイトとも、したことがあったのに。

かぁっと頬が熱くなって、火照りがおさまってくれない。

「どうした。具合でも悪いのか」

アーロンが、ぼくの顔をじっと覗き込む。

「べ、別に、具合なんて、悪くないよっ……」

否定したけれど、信じて貰えていないのかもしれない。

「無理するな。これだけ混雑してると、気分も悪くなるよな。花火の打ち上げ場所に近いほうが、よく見えるかと思ったんだが。もう少し人の少ない場所に移動するぞ」

アーロンはぼくの手を引いて、人々でごったがえす夜市に背を向けた。

「お酒とか、買わなくていいの？　さっき、飲み足りないって……」

「別に、酒なんか花火の後でもいい。それより、混雑していなくて花火がよく見える場所に移動するほうが優先だろ？」

別に、ぼくは特別花火が好きなわけじゃない。

だけどたぶん、ぼくが子どもっぽく見えるから、アーロンはぼくが花火を見たがっていると思っているのだろう。

わざわざ周囲に高い建物のない川の畔まで、連れて行ってくれた。

河原に着いた直後に、ドンッ、と音がした。

その音に釣られるように空を仰ぎ、周囲を見渡したぼくの肩を掴み、アーロンは「こっちだ、ほら」と花火の上がった方角を教えてくれた。

漆黒の夜空に、ぱぁっとまばゆい光が弾ける。

ぼくの知る、カラフルな花火とは、ちょっと違うみたいだ。

単色で、形も凝っていない。それでも、夜空を照らす巨大な花火は、とても美しく感じられた。

「きれいだね！」

「ああ、久々に見ると、きれいに感じるな。お前の住んでいた世界にも、花火はあったのか？」

アーロンに問われ、ぼくは、ついこの間まで自分が住んでいた世界のことを思い出した。

口下手で周囲とうまく馴染めなかったし、就職活動にも惨敗中で、決して幸せな人生を歩んでいたとは言えないけれど。

それでも、二度と戻れないのだと思うと、たまらなく胸が苦しい。

気づけば、涙が溢れていた。

二十歳にもなって、人前で泣くなんて、みっともなさすぎる。

前回は酔っ払っていたけれど、今夜は素面だ。言い訳ができない。

慌ててアーロンに背を向け、濡れた頬を拭う。

だけどアーロンは、ぼくが泣いていることに気づいてしまったみたいだ。

「おい、どうした。カナタ。どこか痛いのか？」

心配そうな声で言うと、アーロンは、手を伸ばしてぼくの頬に触れた。

無骨な指が、ぼくの頬を拭う。泣き止まなくちゃ。そう思うのに。

アーロンの手のひらの温かさに、余計に涙が溢れてきた。

「もしかして、元いた世界が、恋しいのか……？」

アーロンの問いに、ぼくはなにも答えず、ただ黙って嗚咽をかみ殺す。

アーロンは無言のまま、そっとぼくを抱きしめた。

大きな腕にすっぽりと包み込み、背中をさすってくれる。

「少し時間がかかるかもしれないが、全部終わったら、必ず迎えに来る。お前が元の世界に帰る方法を、俺が見つけてやる。だから、大人しくベイルの店で待っていろ」

低くて優しい声が、ぼくの全身に響く。

それでも涙は止まらなくて、ぼくはしゃくり上げながら答えた。

「ルキアが……元の世界に戻れた人は……一人もいないって……っ」

ぼくを抱くアーロンの腕に、ぎゅっと力が籠もる。

「『今までに』一人もいないってことだろ？　お前が最初の『元の世界に帰った男』になればいい。俺が、協力してやる」

アーロンはそう言って、ぼくの頭に顎を乗せる。ぐりぐりと顎を擦りつけるみたいにして、「心配ない。必ず俺が帰してやる。だから、泣くな」と言った。

きっと、アテなんか、なんにもないんだと思う。

それでも自信たっぷりに言われると、ほんの少しだけ、信じてしまいたい気持ちになる。

「アーロン、本当に、帰ってくる？」

「ああ、必ず帰ってくる。約束しよう」

身をよじってアーロンの腕から抜け出し、おずおずとアーロンを見上げる。

菫色の澄んだ瞳は、まっすぐぼくを見つめていて、その言葉に嘘はないと伝えてくれているみたいに思えた。

「ゆびきり、する？」

「なんだ、それは」

「ぼくの住んでいた世界で、約束を交わすときにするんだ。こうやって、指と指を絡めて」

　ゆーびきーりげーんまーん、嘘つーいたーら……。

　歌い始めた後、急に恥ずかしくなった。だけど途中でやめるのも変な気がして、最後まで歌う。

「針を千本飲ます？　とてつもなく恐ろしい歌だな」

　真面目くさった顔で言われ、ぼくは思わず吹き出す。

「たとえ話だよ。実際に飲ませるわけじゃない」

　アーロンは、ホッとしたような顔で、ぼくの髪をくしゃりと撫でた。

「ようやく泣き止んだな」

「べ、別に泣いてないし！」

　どう考えてもバレバレの嘘だけれど。素面なのに、大人のくせに人前で泣いてしまったことが恥ずかしすぎて、そんなふうに反論する。

　アーロンは、もう一度ぼくの髪をひと撫でして、「たった一人で、いきなり知らない世界に飛ばされたりしたら、誰だって泣き叫びたくなるに決まってる」と言ってくれた。

「ぼくがよその世界から来たっていうの、信じてくれているの？」

「信じざるを得ないだろう。お前の書く文字も、歌う歌も、この国のものとは全然違う。異なる世界ではなかったとしても、異国から来たことに変わりはないだろう」

アーロンはそう言うと、懐からなにかを取り出し、ぼくに差し出した。

「これ、なに？」

ぼくの親指くらいの大きさの、白くてちいさな石のようなそれは、鳥のような形をしている。

「『伝令鳥石（でんれいちょうせき）』だ。この石を握りしめて、伝えたい相手を思い浮かべ、伝えたい文言を呟くと、この石が鳥になって飛び立ち、相手のところまで代わりに伝えに行ってくれる」

アーロンの説明に、ぼくは、ぽかんと口を開けてしまった。

いや、ドワーフや魔獣がいるような世界だし。

魔法が存在していても、おかしくはないけれど。

だけど、手のなかの石ころが鳥になるなんて、正直、信じられそうにない。

「なんだ、その顔は。信じていないな？」

「や、信じていないわけじゃ……」

慌てて否定したけれど、アーロンは疑わしげな顔をしている。

「『試しに見せてやる』と言いたいところだが、一度しか使えないんだ。だから、信じなくてもいいから、どうしても俺に連絡を取る必要ができたときは、この石を握りしめて、念じて欲しい」

真面目くさった顔で言われ、ぼくは、こくんと頷いた。

正直に言えば、まだ信じたわけじゃない。

だけど、そんなふうに思ってくれることが、なんだかちょっと嬉しい。

「ありがとう」

石を握りしめ、ぼくはアーロンを見上げる。

「信じてないくせに」

「信じてるよ！」

「嘘だな、その顔は」

「嘘じゃないってば！」

アーロンと言い合ううちに、いつのまにか悲しい気持ちは、少しだけ和らいでいた。

誰ひとりとして知り合いのいない、見知らぬ世界。

だけど、アーロンやベイル、ちゃんとぼくのことを心配して、優しくしてくれる人がいる。

「アーロン、どれくらいで帰ってくるの？」

「わからん。目的地のおおよその場所はわかっているんだが、なにぶん、相手のあること なのでな」

確かアーロンは、この旅のために、船を買うと言っていた。船に乗って、海竜を探しに行くのだ。

「気をつけて行ってきてね」

「ああ、気をつけるよ。お前のあの卵料理を、また喰わなくちゃいけないからな」

よっぽど気に入ってくれたのだろう。アーロンはそう言って、白い歯を見せて笑った。

その笑顔が、ぼくがあの男に攫（さら）われる前に見た、アーロンの最後の笑顔だった。

第五章　第一王子との望まぬ結婚

アーロンが旅立った翌朝。ぼくは誰もいない宿屋のベッドで目を覚ました。

ついさっきまで、アーロンの寝ていた大きなベッド。

微かにアーロンの匂いが残っていて、ぎゅっと胸が苦しくなる。

海竜のいる海がどこにあるのか、ぼくにはわからない。

『必ず戻ってくる』

交わした約束とゆびきりを思い出し、ぼくは、ぱんっと頬を叩いた。

「アーロンが戻ってくるまで、頑張って働こう！」

気合いを入れて、ベッドから起き上がる。

着替えてベイルの店に向かうと、仕込み中のはずが、軍服をまとった屈強(くっきょう)そうな軍人が、店内を埋め尽くしていた。

この軍を指揮している男だろうか。ベイルたちドワーフの前には、高そうな服をまとった、貴族のような男が立っている。

「こんな時間に、団体のお客さんですか？」

長身の貴族風の男の背中越しにベイルに問いかけると、ベイルはぼくを見るなり叫び声を上げた。

「逃げろ、カナタ。今すぐ遠くへ逃げろっ！」

なにがなんだかわからず戸惑うぼくに、兵士たちが群がってくる。

「カナタ！」

ベイルが、ぼくを護ろうと兵士とぼくの間に立ちはだかった。

五人がかりで押さえ込まれ、ベイルは手にしていた、めん棒を奪い取られる。

兵士たちに捕らえられたベイルが、仲間のドワーフに向かって叫ぶ。

「皆、カナタを護るんだ！」

ドワーフたちは、一斉にぼくの元に駆け寄った。

けれども、力自慢のドワーフとは言え、大柄な軍人の群れに襲いかかられては、数で圧倒されてしまう。

次々と捕らえられ、兵士たちから、殴る蹴るの暴行を受けた。

「やめてください！　ぼくに、用があるんですよね？　言うことを聞きますから。彼らを離してくださいっ」

ドワーフたちが痛めつけられる姿に耐えられず、ぼくはすかさず叫ぶ。

「なるほど。お前がカナタか。確かに、凄まじい匂いがするな」

すん、と鼻を鳴らし、高そうな服を着た、金髪の男がぼくに歩み寄る。

すらりと背が高くて、手足の長い男だ。均整のとれた身体つきで、顔だちも整っている。

女の子なら、ぽーっと見蕩(みと)れてしまうであろう、王子さま然とした容姿をしている。

彼はぼくのすぐ側までくると、おもむろに顔を近づけ、ぼくの首筋に鼻をすり寄せた。

「すばらしい。間近で吸い込むと、それだけで達してしまいそうだ」

熱く湿った吐息が、撫でるように首筋に触れる。

その瞬間、ぞわりと背筋に怖気(おじけ)が走った。

ぼくの腰を、男の手が掴む。思いきり抱き寄せられ、男の下腹が、ぼくの腹に触れた。

熱くて硬いモノ。

男のそれが勃起しているのだと気づき、慌てて身体を離そうとする。

「逃さない。カナタ。お前は私の花嫁になるのだ」

蕩けそうに熱っぽい声で囁かれ、全身の毛が逆立つ。

「花嫁!? ぼく、男ですよ！」

突き飛ばそうとしたけれど、どんなに強く抗っても、男の身体はびくともしない。

「この国では、男の妻を持つことも可能なのだ。そんなことも知らぬのか」

形のいい眉をひそめ、男はぼくを見据える。

青く澄んだ瞳、長い睫毛。きれいな顔をしているけれど、だからといって、見知らぬ人間に『匂い』を理由に口説かれても、ちっとも嬉しいとは思えそうにない。

この男にとって、ぼくの容姿も内面も、なにもかも関係がないのだ。

ただ誘惑香にあてられて、欲情しているだけ。

「こんな薄汚い場所に長居をしても意味がない。さあ、行こうか。我らの寝室へ」

強引にぼくを抱え上げ、男は耳元で囁く。

お姫さま抱っこの状態で、店の外に連れ出されそうになった。

「お、下ろしてくださいっ。ぼくはこの店の店員なんです。昨日お休みしちゃったし、今日こそちゃんと働かなくちゃいけないんですよ！」

どんなに抗っても、男はびくともしない。

「カナタ！」

ベイルがぼくを呼ぶ声が聞こえる。

振り返りたいのに、振り返ることさえ許されず、ぼくは店の近くに停められていた馬車に押し込まれてしまった。


　連れて行かれた先は、この国の王城だった。

　ぼくを無理矢理馬車に押し込んだ男は、この国の第一王子、ライゼル殿下だったのだ。

「王子さまが、ぼくのような庶民に、いったいなんの用ですか？」

　震える声で訊ねたぼくに、ライゼル殿下は金色の髪をキザったらしくかき上げ、流し目を向けてくる。

　宮廷の最上階にある、天井の高い広々とした部屋の中央に、巨大な天蓋つきのベッドが置かれた瀟洒な部屋。

　ベッドの真ん中に横たえられたぼくに、口元に笑みを湛えた王子がのしかかってきた。

「なんの用かって？　この状況下で、私がなにを求めているのかわからないほど、きみは初心なのかい」

　冷たい指でうなじに触れられ、びくっと身体が跳ね上がる。

「わから……ない、です……」

本当は、わからなくなんかない。

王子の瞳は劣情に濡れていて、今にも襲いかかってきそうだから。

頭ではわかっている。だけど、それを理解したくないのだ。

この現実を、受け容れたくない。

「そうか。仕方がないなぁ。純真なきみに、朝までたっぷり時間をかけて、じっくり教えてあげないとね」

王子の指が、ぼくのシャツのボタンに触れる。ひとつ、ふたつ、とゆっくり外され、シャツの内側に、指を滑り込まされた。

「っ……！」

アーロンの姿が脳裏をよぎる。

この世界に来てから、ピンチに陥るたびに、アーロンが助けてくれていた。

だけど今、ぼくの隣には、アーロンはいない。どんなに大きな声で叫んでも、彼の耳には届かない。

「やめてくださいっ……！」

嫌だ。アーロン以外の男になんて、触れられたくない。

指一本、触れられたくない。

この男に抱かれるくらいなら、死刑になるほうがマシだ。

ぎゅっと唇を噛みしめ、王子の股間を思いきり蹴り飛ばす。

「っ――！　なにをするんだっ」

激昂（げっこう）した王子が、ぼくの顎を掴んで、強引にキスしようとする。

ぼくは両手で口を隠し、必死で抗った。

口を覆い隠した状態のぼくに馬乗りになり、王子はぼくの手の甲に食らいつくように吸い付いてきた。

「や、めっ……！」

甘噛みされ、ねっとりと濡れた舌を這わされる。

王子は執拗にぼくの手の甲をなめ回しながら、手のひらを退けようとした。

嫌だ。絶対に嫌だ。

アーロン以外と、キスしたくない。

星苺の炭酸水を間接キスで飲んだときのことが、脳裏に蘇（よみがえ）る。

ぼくの一方的な片想いでしかないけれど。それでも――アーロン以外に、身体を許すなんて絶対に嫌だ。

手のひらで唇をガードしたまま、上半身を思いきり捻って、王子を振り払おうとする。

そのとき、扉が開いて誰かが入ってきた。

「ライゼル、いったいなにをしているの!? 階下まで悲鳴が聞こえてきたわよ」

高そうなドレスをまとった金髪の女性が、眉を吊り上げて王子を睨む。

「申し訳ありません、お母さま。静かにするよう、しっかり言い聞かせますので」

ぼくに馬乗りになったまま答えた王子に、金髪女性は冷ややかな目を向ける。

「言い聞かせます、じゃないわ。あなた、王室に代々伝わる禁忌を破る気なの!?」

大股で歩み寄ってきた金髪女性が、王子に食ってかかる。

王子の母親、ということは、この国の王妃なのだろうか。

「『禁忌』なんて。そんなの、ただの迷信のようなものでしょう」

大げさなんですよ、お母さまは、と鼻で笑った王子の目から、ぽたり、ぽたりと紅い雫が落ちた。

「ほらごらんなさい。あなた、これ以上、この子にいやらしいことをしたら、精霊に殺されるわよ」

「そ、そんな……っ」

両目を押さえ、王子がゆらりとぼくから身体を離す。

「言ったでしょう。我が王家の血筋の者は、婚姻前に性交すると『精霊』の怒りを買い、命を失うことになる、って」

迫力のある声で凄むと、金髪の女性は王子を見下ろしてため息を吐く。

「あなたの叔父さまは、禁忌を無視して結婚前の女性と姦通し、精霊に殺されたの。死にたくなかったら、婚前交渉なんて馬鹿な真似は、金輪際おやめなさい」

王子をやんわりと押し退けると、女性は中途半端にシャツをはぎ取られたぼくの身体に、ふわりとシーツをかけてくれた。

「あなた、どこの子？　馬車で送り届けさせるわ」

女性はそう言うと、ぼくに手を差し出す。

「待ってください、お母さま。私は、どうしても彼を手放したくないのです。なんとしてでも、彼を手に入れたい」

両目を押さえながら、王子は真剣な声で訴える。

「それなら、この子と結婚するしかないわね。死にたくないなら、それ以外に道はないわ」

結婚……!?　あり得ない。ぼくは男だ。

「男同士で結婚なんて、許されるんですか？　彼は王子なんですよね。子孫を残すには、女の人と結婚しないと……」

おそるおそる訊ねたぼくに、金髪女性はにっこりと微笑む。

「問題ないわ。この国の王族は、どちらにしたって複数の妃を娶るんだから」

さらりと言い放つと、彼女は王子に、にこりと笑顔を向けた。

「なかなか身を固めようとしないあなたに、私も国王陛下も業を煮やしていたのよ。この際、最初の妃が男でも構わないわ。そうと決まったら、婚礼の準備を急ぎましょう」

いそいそと出て行こうとする女性を、王子が呼び止める。

「お母さま」

「なあに」

振り返った彼女に、王子は切羽詰まった声で訊ねる。

「結婚前の性交が、精霊の怒りに触れるというのは理解できました。性交以外の、接吻や前戯は、どこまでなら許されるのでしょうか」

真面目くさった声で問う王子に、彼女は呆れた顔を向ける。

「死にたくなければ、少しは我慢なさい。最短の日取りで婚姻できるよう、手配してあげるわ」

わかりました、と答えながらも、王子はぼくの太ももに手を伸ばす。

ぼくの股間に触れようとして、王子は「痛っ……！」と鼻血を吹いて倒れた。

精霊というのは、とてつもなく強い力を持っているのかもしれない。

その後も、王子はぼくに触れたりキスをしようとするたびに、鼻や目から血を流して倒れた。

おかげで王子に犯されることなく済んでいるけれど。精霊が王子の行動を止めるのは、婚礼の儀式が行われる翌週まで。

儀式の後は、ぼくは王子に好き放題抱かれることになるのだろう。

「いっそ、窓から飛び降りてしまおうかな」

王子が不在の間、この部屋には厳重に鍵がかけられる。

部屋の扉は、どんなに頑張っても開かないし、窓もすべて施錠されているのだ。

「ガラスを割ったら、なんとか逃げられるかも」

窓の外に目を向けると、眼下にはおもちゃみたいにちっちゃな兵士の姿が見えた。

いったい何階建てくらいだろう。ここから飛び降りたら、確実に命はないと思う。

せめて、途中にベランダかなにかがあればよかったのに。着地できそうな場所は、地面以外、どこにもない。

「無駄だと思うけど。この石に頼るしかないか」

鳥の形をした、白くてちいさな石。ぼくはそれをギュッと握りしめ、アーロンの姿を思い浮かべた。

「どうか、アーロンに伝えてください。『このままでは、王子の妃にされてしまう。助けてください』と……」

石が鳥になるなんて、正直、まったく信じていない。

ダメもとで祈りを捧げたぼくの手のひらが、まばゆい光を放つ。

「わ、な、なにっ……!?」

驚いて手を開くと、バサバサッと羽音がして、白く美しい鳥が姿を現した。

「『伝令鳥石』。本当に、鳥になるんだ……」

呆然と呟いたぼくの頭上に、白い鳥はふわりと舞い上がる。そして、施錠されたガラス窓に向かって、まっすぐ飛んで行った。

「危ないよ！　ガラスにぶつかっちゃうっ」

慌てて駆け寄ったぼくの目の前で、白い鳥は、するりとガラスをすり抜け、窓の外へと飛び立ってゆく。

「!?」

窓の外に出ると、むくりと鳥の身体が、大きく変化した。

先刻までの、可愛らしくて丸っこい、小鳥のような姿から一転。

大きな翼を持つ、ワシのような力強い鳥が姿を現す。

ばさり、ばさり、と優雅に翼をはためかせ、白い鳥は青空を切り裂くような速度で飛んでいった。

あの白い鳥は、無事にアーロンの元までたどり着けただろうか。

アーロンから返事が来るかもしれない。

助けが来るかもしれない。

そう期待していたけれど――。

なんの連絡もないまま、ぼくとこの国の第一王子、ライゼルの結婚式の朝が来てしまった。

ウエディングドレスを着せられたりしたらどうしよう。

そんな不安に苛(さいな)まれていたけれど、用意されたぼくの婚礼衣装は純白のタキシードだった。

「カナタ。ようやくひとつになれるね」

真っ白なタキシードを着た王子が、ぼくの腰を抱き寄せて顔を寄せてくる。

ぞわぞわと怖気が走って、ぼくは身をよじって王子から逃れようとした。

「あんまり近づくと、精霊の怒りを買いますよ」

冷ややかに告げたぼくに、王子はにっこりと笑顔を向ける。

「やはりカナタはいいな。国中の令嬢たちが、私を射止めようと必死で媚を売るのに。カナタは少しも私に媚びようとしない。私の寵愛を受けさえすれば、富も名誉も欲しいままだというのに。きみには『欲』というものは、存在しないのか」

王子に問われ、ぼくは、ぎゅっと拳を握りしめる。

この世界で、ぼくが欲しいもの。

そんなの、たったひとつしかない。

アーロンが無事に帰ってきてくれること。ぼくの望みはそれだけだ。

以前のように、一緒に暮らして貰えなくてもいい。

ただ、ベイルの店に料理を食べに来てくれるだけでいい。

たまにでいいから、顔を見て、言葉を交わして、笑い合えたらいいと思う。

それ以外、ぼくはなにも欲しくない。

金銀財宝も、王宮での地位も、なにも要らない。

「アーロン……」

思わず、声が漏れた。堪えきれなくて、涙が溢れそうになる。

王子の指が、ぼくの頬に触れる。

「あと少しだ。カナタ。あと少しで、きみの心も身体も、ひとつ残らずすべて、私のものだよ」

耳元で囁き、王子はぼくの頬に自分の頬をすり寄せた。

「こんなにも堪え続けたんだ。今夜は、男のきみでさえ孕むほどたっぷり可愛がるつもりだから。楽しみにしていてよ」

熱っぽい声で囁き、王子は、ぼくの手をぎゅっと恋人繋ぎで握りしめた。

こんなにも、絶望的な気持ちなのに。

ぼくらの婚姻を祝福するかのように、空は目に痛いくらい青く、晴れ渡っている。

ぼくが暮らしていた世界と違って、同性婚に対する偏見はないのかもしれない。

式典の会場になった宮殿前の広場では、たくさんの来賓や民が、王子とぼくの結婚を祝福していた。

トランペットによく似た金色の楽器を、揃いの制服をまとった宮廷楽士たちが吹き鳴らす。

ファンファーレのような音と共に、ぼくと王子は、会場の中央に設えられたステージへと上がった。

白い花に彩られた円形のステージ。

そこかしこから歓声が弾け、祝福の声や王子を呼ぶ声が飛び交っている。

「カナタ、誓いのキスをしよう。我らの婚姻を誓い、精霊たちの許しを請うんだ」

王子の腕がぼくの腰に回され、ぐっと抱き寄せられる。

やんわりと顎を上向かされ、顔を近づけられた。

嫌だ。絶対に嫌だ——。

ぎゅっと目を閉じ、王子を突き飛ばそうとしたそのとき——

「カナタ!」

聞き慣れた声で名前を呼ばれた。

声のするほうを見上げる間もなく、ふわりと身体が宙に浮かび上がる。

「わぁっ……!」

なにが起こったのかわからず、慌てて目を開く。すると、すぐそばに色白の王子ではなく、日に焼けたアーロンの顔があった。

「アーロン!? どうしてここにっ……」

「どうしてって。お前は、あの男と結婚したいのか？」

浅黒く日に焼けた精悍な顔だち。ぼくを抱き上げたアーロンは、形のよい眉を片方だけ吊り上げて問いかけてくる。

「い、いやだっ。絶対に結婚したくない……！」

ぼくのことを誘拐して監禁し、無理矢理抱こうとしている男だ。

そんな身勝手な男と、結婚したいわけがない。

「だったら、しっかり掴まっていろ。俺が救い出してやる」

突然乱入したアーロンの元に、衛兵たちが一斉に駆け寄ってくる。逞しいアーロンの身体にぎゅっとしがみつくと、彼はぼくを抱き上げたまま、力強く地面を蹴った。

「やめろ！　カナタを傷つけたら許さぬぞ！」

衛兵たちの怒声が飛び交い、弓矢を構え始める。

「ですが――」

矢を放とうとした彼らを、王子が一蹴した。

「カナタには傷ひとつつけず、あの男を捕らえるのだ！」

王子に命じられ、皆がぼくたちめがけて集まってくる。

「いいな、絶対に俺から離れるなよ！」

アーロンはそう叫ぶと、片手でぼくを抱き上げたまま、背中の剣を引き抜いた。片手だけで長剣を操り、次から次へと衛兵たちをなぎ払ってゆく。

けれども、どんなに倒しても、衛兵は無数に集まってくる。

「アーロン、このままじゃ、やられちゃうよっ」

「問題ない。ほら、助けが来たぞ」

ふいに、視界が暗く陰った。何かと思って天を仰ぐと、そこには巨大な熱気球が浮かんでいる。

「掴まれ！」

頭上から声がして、ぼくらの目の前にロープが投げられる。

アーロンは素早くそれを掴むと、「ほら、しっかり掴まるんだ」と、ぼくの手にロープを巻き付けた。

「ちょっと待って。これって……」

ごおっと熱気球のバーナーが火を噴き、高度を増してゆく。

「か、身体が宙（ちゅう）につ……！」

地面から足が離れ、身体が宙に浮き上がった。

「殿下、撃ち落としますか」

「馬鹿なことを言うな！　カナタになにかあったら困る。絶対にやめろ！」

火矢を放とうとする衛兵たちを、王子が引き止める。

気球はぼくらをぶら下げたまま、ぐんぐんと高度を増してゆく。

眼下に目を向けると、悔しそうに地団駄を踏む王子の姿。

ロープを掴む手が滑り落ちそうで、ぶるりと身を震わせたぼくを、アーロンがしっかりと抱きしめてくれた。

「アーロン……助けてくれてありがとう。だけど、アーロン、旅の途中だよね？　海竜、ちゃんと見つかったの？」

不安になって訊ねたぼくに、アーロンはちいさく微笑む。

「まだ見つけてない。だが、海竜探しには次の機会がある。それに対し、カナタの心や身体は、一度傷つけられれば、二度と元には戻らない。カナタを優先するのは、当然だろう」

「ぼくなんか、アーロンにとって、少しのあいだ一緒にいただけの、『赤の他人』なのに」

ぼそりと呟くと、「少しのあいだでも、共に寝起きすれば、情が湧くってもんだ」と、そっけない声で言われた。

「そんなちょびっとの『情』で、アーロンは一国の王子を敵にまわすの？　王子どころか、病床の国王陛下からも恨まれるかもしれないよ」

アーロンは片方の手でロープをしっかりと掴んだまま、もう片方の手で、ぎゅっとぼくを抱きしめる。

「構うものか。恨みたいのなら、いくらでも恨ませてやる」

いくら魔獣や獣相手に最強のアーロンでも、国王や王子に恨まれたら、大変なことになると思う。

「ぼくのせいで、ごめん……」

うなだれたぼくの頭に、自分の顎をのせるようにしてアーロンは言った。

「カナタのせいじゃない。だから、悪いなんて絶対に思うな」

アーロンの声が、低くて甘い。

久々に聞く、包み込むように優しい声に、ぼくは目を閉じてぎゅっとアーロンにしがみついた。

第六章　助けてもらうための条件

「んー。それなりに特徴を捉えているけれど、実物と比べると、全然魅力を盛り込めてないなぁ……」

王立学校の一角にある、地理学者ルキアの研究室。

とんでもない賞金額が記された、お尋ね者のイラストの描かれたビラを手に、ルキアは不服そうな声を上げた。

「そんなことを言いながら、なんでこんなにたくさん、ビラを持っているんだ？」

大きな机の上に無数に散らばった同じ絵柄のビラを見下ろし、アーロンが呆れたようにため息を吐く。

「なんでって、ぼくが『アーロンを心から愛しているから』に決まっているじゃないか。ぼくはね、推しのグッズは、どんなに質の低いものでも、収集せずにはいられないタチなんだよ」

うっとりした表情で、ルキアはアーロンの似顔絵が描かれたビラの束を抱きしめる。

「きみだって、自分の顔が描かれた懸賞ビラが町中に貼られていたら、気分が悪いだろう」

どうやらこのビラは、王都周辺を中心に、様々な場所に大量に貼られているらしい。

『第一王子の結婚式に乱入し、花婿を攫って逃げた極悪人』として、アーロンにはとんでもない金額の懸賞金が懸けられている。

「そりゃ、気分はよくないけど……」

んー、と唇を尖らせ、ビラに描かれたアーロンの唇にキスをしようとするルキアに、アーロンはものすごく嫌そうな顔を向ける。

「やめろ、怖気が走る」

「紙に描かれた姿くらい、好きに扱わせてよ！　こんなにも長年口説き続けているのに、一度も抱かせて貰えたことがないんだから」

形のいい眉を吊り上げ、ルキアが不満げな声を上げる。

「だから、俺は『抱かれる側』じゃないと言っただろう。とっとと俺のことなんか諦めて、別の男を探せ！」

「無理！　アーロンと同じくらいかっこよくて、同じくらい立派な雄（お）っぱいじゃないとそそられないからっ」

「いい加減にしろ。だいたい、出奔したとはいえ、俺の血筋は変わらないんだ。婚前交渉をすれば、精霊の怒りを買って殺されることになる」

「寝る前に、結婚式を挙げればいい。いつだってきみを花嫁として迎える準備はできているよ」

「こんなゴツい花嫁がいてたまるか！」

謎の言い争いを始める二人を前に、ぼくはぎこちなく後ずさる。

「あの……ルキアさん、ぼくら二人を匿っているとバレたら、ルキアさんも危険なんじゃないですか……？」

王都を脱出した後、ベイルの店に戻るわけにはいかず、ぼくとアーロンはルキアの用意してくれた隠れ家で生活している。この部屋と地下通路で繋がっているその建物は、学内にある森のなかに建つ、薬草研究用の研究施設のひとつだ。

「危険かもしれないねぇ。なに。匿ってもらっているお礼を、身体で返したくなった？いいよ、きみとアーロンとぼくの三人で、仲よく楽し……痛っ！」

ルキアが最後まで言い終わらないうちに、アーロンの鉄槌がルキアの頭頂部に落とされる。

巨大な魔獣を一撃で倒すアーロンに思いきり打たれて平気なんて、もしかしたらルキアは、とてつもなく頑丈な男なのかもしれない。

「まあ、それは冗談として。正直、これ以上匿い続けるのは、難しい気もするんだよね。薬草園はもうすぐ収穫の季節だし、研究者の出入りも一気に増える。そろそろ別の場所に移動しないと、危険だと思う」

「そうですよね。もし、ここにいることがバレたら、ルキアさんにもご迷惑がかかるでしょうし……」

「そうそう。だからね、そろそろぼくの私邸に――痛っ！」

アーロンの鉄槌が、再びルキアの頭頂部に下される。

ルキアは涙目になって、頭頂部を押さえた。

「痛いなぁ。ぼくはきみたちのことを想って――」

「黙れ」

ルキアを睨みつけた後、アーロンはぼくに向き直る。

「まさか王子にまで求愛されるとはな。カナタの『誘惑香』は、国さえも揺るがしかねないほど、危険極まりないものだということだ」

「そ、そんな大げさな……」

『傾国の美女』という言葉があるけれど、それはとてつもない美貌を持つ女性に対して使われる言葉だ。

地味なモブ顔の自分が、匂いだけで国を揺るがすとか、あり得ないと思う。

「いや、あながち大げさでもないよ。現に王子は、アーロンの首に、国家予算の十分の一ほどの賞金を懸けているんだから」

懸賞ビラを手に、ルキアまで真剣な顔をする。

「なんとしてでもカナタを取り戻す気だろうね。カナタを生け捕りにしたら、さらに倍額の賞金を貰えるらしいよ」

アーロンの賞金が国家予算の十分の一で、その倍、となると、国家予算の五分の一……。

この国の貨幣価値がどの程度のものなのか、ぼくにはイマイチわからないけれど。割合で示されると、その途方もなさに目眩を起こしてしまいそうだ。

「通報してもいい？」

「殺すぞ！」

アーロンに凄まれ、ルキアは「冗談だよ。真に受けないで」と笑う。

「この先、どうする気？」

笑いをおさめ、ルキアは真剣な眼差しでアーロンに問う。

「俺だけなら、なんとでもなる。この国を出て他国で生きるなり、なんなりできるからな」

ちらっとぼくを見下ろし、アーロンはちいさくため息を吐く。

「カナタは、なんとかしてやらなくちゃな。この様子じゃ、他国に逃げたところで、地の果てまで追いかけ回されるのがオチだろう。仮にライゼルが諦めたとしても、他国の王族がカナタを手に入れようとするかもしれない」

「カナタの誘惑香は、他国民にも効果があるのかな」

「あるだろうな。ベイルの店に他国の賞金稼ぎも飲みに来ていたが、もれなくカナタに吸い寄せられていた。俺が知る人間のなかでカナタの香りに惑わされていないのは、お前とドワーフ族の奴らだけだ」

アーロンの言葉に、ルキアは腕組みをして天を仰ぐ。

「場合によっては、カナタを奪い合って国同士の戦争が勃発するかもしれない、ってことだね」

「そんな……」

「あり得るな。あの愚かな王子なら、それくらいのことはしかねない」

きっぱりと言い切り、アーロンはなにかを決意したように、ルキアに向き直った。

「ルキア、夏至祭の直後以外に、海竜の住み処に近づける時期はないのか。多少危険でもいい。別の航路があるのなら、教えて欲しい」

「別航路かぁ。なくはないけど……正直、お勧めできないな」

腕組みをしたルキアが、上目遣いにアーロンを見上げる。

「なぜだ」

短く問うたアーロンに、ルキアはニッコリと微笑む。

「アーロンに、死なれると困るから」

華やかな笑顔とは裏腹な物騒な答えを、アーロンは、さらりと聞き流す。

「教えろ」

「嫌だね」

アーロンはルキアに歩み寄って、彼の両肩を掴む。

キラッキラの笑顔を浮かべたまま、ルキアはきっぱりと答えた。

「頼む」

「嫌だ」

「このとおりだ」

切実な声で食い下がるアーロンに、ルキアは応じようとしない。

「絶対に、いや」

「なぜだ」

アーロンに問われ、ルキアは呆れたように眉をひそめる。

「きみはいったい、どこまで鈍感なんだ？　ぼくは、きみを愛しているんだぞ。愛する者を、命の危険のある場所に易々と向かわせるわけがないだろう」

いつになく強い声音で言われ、アーロンはそれでも怯まなかった。

「何度も言うように、俺は、お前の求愛には応えることができない。別の男を探せ」

「いやだ。アーロンがいい。アーロンを抱きたい」

挑発するようにアーロンに顔を寄せ、ルキアは低い声で囁く。

「——それ以外の望みなら、どんな望みだって叶えてやる。だから、頼む。教えてくれ」

懇願するアーロンを一瞥すると、ルキアは意地の悪い笑みを浮かべた。

「どんな望みでも？　本当に、どんな望みでも叶えてくれるの」

「ああ、どんな望みでも、だ」

力強く頷いたアーロンに、ルキアは「ふうん」と意味ありげな流し目を向ける。そして、ゆっくりとぼくを振り返り、いつになく艶っぽい目で見つめた。

「じゃあ、今、ここでカナタを抱いてよ。どうしても抱かせて貰えないのなら、アーロンが本気で盛っているところが見たい。極限まで昂ぶって、絶頂するサマが見たいんだ」

「なっ……そ、そんなこと、できるわけがないだろう。カナタの意思はどうなるっ……」

アーロンが、ぼくとルキアの間に素早く割って入る。ぼくを護るように立ちはだかった
アーロンに、ルキアはぐっと顔を近づけた。

「とはいえ、ぼくが海竜の住み処への行き方を教えなければ、きみは次の夏至祭まで、カナタを連れて各地の賞金稼ぎや王子の放った追っ手から逃げ続けなくてはいけないんだよ。きみ一人ならまだしも、カナタが一緒じゃ、彼の貞操はどうなるかわからないよ。それでもいいのかい？」

挑発するようにルキアに畳みかけられ、アーロンは憎々しげに、ルキアを睨みつけた。

「きみのことだ。どんな願いでも叶うという『海竜の涙』を、カナタを元の世界に戻すために使う気だろ」

「わかっているなら、手を貸してくれたって――」

「甘いなぁ、アーロンは。ぼくは物心がつく前からずっと、きみだけを愛し続けてきたんだぞ。それなのに愛しいきみは、出逢ったばかりの男のために、命がけの賭けに出ようとしている。こんなふうに見せつけられて、嫉妬しないとでも思った？」

アーロンの顎を掴み、ルキアは唇が触れあうほど近く、己の唇を寄せる。

「っ――。俺一人でできることなら、どんな望みでも聞き入れる。だから、カナタを巻き込むのだけはやめろ」

顔を背けようとしたアーロンの腰をがっちりと掴み、ルキアはさらに唇を寄せた。

もう少しで、触れる。

極限まで近づけ、ルキアはゾッとするほど冷酷な笑顔を浮かべてみせた。

「嫌だ。『きみがぼくに抱かれるか』『きみがカナタを抱くか』その二択だ。それ以外の選択肢は、ひとつたりとも存在しない」

至近距離でにらみ合い、互いに一歩も引こうとしない、ルキアとアーロン。

ぼくは、おずおずと二人に声をかけた。

「あの……っ」

ルキアの冷ややかな目が、ぼくに向けられる。

アーロンが、心配そうにぼくを見下ろした。

「アーロンにかけられた賞金は、ぼくが王子の元を去ったせいで、かけられているものですよね……？　ぼくが王宮に戻れば——」

「馬鹿を言うな。お前は、あの男に抱かれたいのか」

「抱かれたくない。けど。そのせいでアーロンに賞金がかけられたり、国外に逃亡しなくちゃいけなくなるくらいならっ……」

いっそのこと、自分が不幸になったほうがいい。

自分のせいで、アーロンが命を危険に晒すとか、そんなの、絶対に耐えられそうにない。

「それだけは、絶対にダメだ」

唸り声のような低い声が、頭上から降ってきた。

一瞬、アーロンの声だということが、理解できなかった。

いつもの優しい声とは違う。明らかに、激怒している声。

びくっと身体をこわばらせたぼくを、アーロンはまっすぐ見据えた。

「決めたんだ。お前を、無傷で元の世界に戻してやると。あんなクソ野郎のせいで傷つく人間を、絶対にこれ以上増やさないと。俺は、決めたんだよ」

真摯なアーロンの声に、ルキアはちいさく肩を竦めてみせる。

「仕方ないなぁ。わかったよ。ぼくが折れたらいいんでしょ。最後まで見せてくれなくてもいい。アーロンが盛ってるところさえ見られればいいんだ。アーロン、カナタとキスするところを見せてよ。挨拶のキスじゃない。ちゃんと、求愛のキスだ。ちゅって短いやつじゃない。ぼくが『いいよ』って言うまで、唇を離しちゃダメだ。それを見せてくれたら、夏至祭の直後じゃなくても海竜の元に行ける航路を教えてあげるよ」

「ふざけるな。キスなんか、カナタが嫌がるに決まってるだろう！」

眉を吊り上げ、アーロンがルキアの胸元に掴みかかる。

「ちょ、ちょっと待って」

ぼくは慌てて、アーロンとルキアの間に割って入った。

「キスするだけでいいんだよね？　ぼくは、全然平気。あ、もちろん、アーロンが嫌なら、しない、ほうがいいと思うけど……」

性行為を見せろ、と言うのに比べたら、ずっとマイルドな感じがする。

飲み会のゲームなんかでも、キスをしたりすることがあるみたいだし……。

ちらっとアーロンを見上げると、なぜかアーロンの頬が、真っ赤に染まっていた。

「ば、馬鹿なことを言うな。ルキアが言っているのは、舌を使った、激しいキスのことだぞ。頬に軽くするようなやつじゃない。唇と唇を重ね合わせるキスのことだ」

「わかってるよ。確かにちょっと恥ずかしいけど。抱き合うところを見せる、とかより全然マシじゃない？　それで手を貸して貰えるなら、断然いい。あ、でも……アーロンはしたくないよね。ぼくなんかと」

「そういう問題じゃない！　ああいったものは、軽々しく人前でするものじゃないだろ」

反論したアーロンに、すかさずルキアが突っ込む。

「人前じゃなければ、カナタにキスしたいってこと？」

「ば、ばか。そんなことっ――。だいたい、お前だって知っているだろう。俺は、婚前交渉をすると、精霊の怒りに触れることになるんだ」

「精霊の怒りに触れるのは、『婚前に、相手の意に沿わない性交を行った場合』のみだ。カナタはアーロンのことが大好きなんだから、キスどころかセックスしたってなんの問題もない」

「部外者のお前が勝手にカナタの気持ちを決めつけるな！　カナタは俺のことなんか――」

「あー、もう、面倒くさいなぁ。思春期のお子さまじゃないんだから。はい、カナタ、こっちに来て。ほら、アーロン、本人がいいって言ってるんだ。とっととキスしなよ。しないなら、ぼくがカナタにキスするよ？」

ルキアはそう言うと、ぼくの手を引いて、ソファに連れて行く。

ぼくをソファに座らせると、ぼくの頬に触れて、ゆっくりと顔を近づけてきた。

「やめろ！」

唇が触れそうになったそのとき、ルキアの身体が床に吹っ飛んだ。代わりに、アーロンがぼくの隣に腰を下ろす。

「お前にされるくらいなら、俺がする！」

アーロンはそう叫んだ後、ぼくの耳元で小さく囁いた。

「深く口づけ合っている、ふりをしよう。実際には、唇を触れさせ合うだけだ。舌は入れない。ルキアから見えないように、俺がお前に覆い被さる。わかったな？　唇を内側にしまって、触れないようにしておけ」

こくっと頷いたぼくに、ゆっくりとアーロンが覆い被さってくる。

唇を噛んで隠そうとしたけれど、アーロンの発する香りにあてられて、うまく身体が動かなくなった。

「んっ……」

身体の、奥が熱い。

アーロンの匂いに包まれ、衣服越しに彼の熱を感じると、自然と唇が半開きになってしまう。

アーロンが、びくっと身体をこわばらせて、身を引こうとするのがわかる。

だけど、匂いにあてられたぼくは止まらなくて、アーロンの背中に手を回して、それを阻止してしまった。

「ふりじゃ、バレちゃう。だから……ちゃんと、しよ」

ちいさな声で、そっと囁く。

「しかし――」

アーロンの反論を遮るように、ぼくは、アーロンの唇を、はむっと甘噛みした。

「っ――……」

ぼくを抱く、アーロンの腕に力が籠もる。

アーロンの唇から、じゅわっと熱い体液が、流れ込んでくるのがわかった。

どうしよう。止まらなくなっちゃう――。

アーロンの、男らしくて深みのある香り。その匂いにあてられるように、唇だけでなく両膝まで自然と開き、自分から舌を伸ばしてアーロンの舌を求めてしまう。

アーロンの手が、ぼくの頬を掴む。

引き剥がされる。そう思って身構えたけれど、そうじゃなかった。

アーロンは、ぼくの頬をがっちり押さえ込んで、深く舌を絡ませてきた。

「んっ……！」

おそるおそる差し入れたぼくのぎこちない舌使いとは違う。アーロンは雄々しくぼくの舌を絡め取ると、意識が飛びそうなほど強く一気に吸い上げる。

「んぁあっ……！」

強く吸い上げられ、その拍子に、びゅるりと劣情が迸(ほとばし)る。

情けなくなるくらい、いやらしい香りが、室内に放たれてしまった。

「カナタ……っ」

熱にうかされたような声で、アーロンがぼくの名前を呼ぶ。

勢いよくのしかかってきた彼の、下腹がすごく熱い。服の布地越しにもわかるほど熱いそれを押し当てられながら、髪の毛をぐちゃぐちゃにかき混ぜられて、深く、深く求められる。

「はい、やめ。って、こら、アーロン、なに盛ってんの。カナタ、射精しちゃったでしょ。ほら、やめなさい。それ以上したら――」

ルキアが引き剥がそうとして、アーロンは、それでもやめなかった。

「んーーーっ……！」

強く吸い上げられた瞬間、再び劣情が爆ぜる。

二度目の絶頂に追いやられた直後、ぼくは意識を手放してしまった。

第七章　もうひとつの航路

この季節でも潮の流れに阻まれることなく、海竜の住み処へたどり着ける航路。

それは海賊の被害が多発する、危険な海域を通らなくては、たどり着けないルートだった。

ルキアからそのことを明かされると、アーロンは「潮の流れが変わるのを、一年も待つわけにはいかない。その航路で行く」と即決した。

「まさか、一人で行く気じゃないだろうね。危険すぎる。どうしても行くのなら、私兵を雇いなよ」

心配そうな声で、ルキアが告げる。

「今の俺に、雇える私兵なんかいるわけがないだろう」

肩を竦めたアーロンに、ルキアはすかさずツッコミを入れた。

「よく言うよ。きみのことだ。財産なら、しっかり隠してあるんだろ」

「財産はな。だが、残念ながら、俺にかけられた賞金の値段よりは、持ち金のほうが少ない。『絶対に裏切らない、信頼できる私兵』を雇うのは不可能だ」

今のアーロンには、この国の国家予算の十分の一という、多額の懸賞金がかけられている。その金に目がくらまない私兵を雇うのは、確かに不可能だろう。

「きみの友人に、絶対に金では動かない男がいるじゃないか。おまけに腕っ節も強くて、航海経験もある」

ルキアに顔を覗き込まれ、アーロンは不快そうに眉をひそめる。

「あいつらを巻き込むわけにはいかない」

「そうも言ってられないんじゃないかな。ベイルの店、連日のように憲兵が張り込みや営業妨害を続けていて、店を開けられなくなっているそうだよ」

「なに!?　本当か、それは」

「本当だよ。ライゼル王子は、あの店で張り込んでいればカナタが帰ってくるかもしれない、と考えているんだろうね。ベイルたちは随分酷い尋問(じんもん)をされたようだけれど、いっさい口を割っていないそうだよ」

ぼくのせいで、アーロンだけでなく、ベイルたちにまで迷惑をかけているなんて……。

「やっぱりぼくが王宮に戻るしか――」

二人の間に割って入ろうとして、むぐっと口を押さえられた。

「『王宮に戻る』は、なしだ。何度言えばわかる。これ以上誰も、あの男の犠牲になどさせたくないんだ」

酒場に集うお客さんたちによると、現在の国王陛下は、先代国王陛下の王弟。

兄である当時の国王陛下を殺して、力尽くで玉座に着いた男なのだそうだ。

度重なる増税や、横暴極まりない、法制度の身勝手な改悪。賢く公正だった先代国王と違い、現国王の評判は著しく悪い。

さらに、病で療養中の現国王陛下以上に、彼の代理を務めているライゼル王子の評判は最悪なのだ。

国王が療養生活に入って以降、各地で飢饉(ききん)や暴動が頻発していると、皆が嘆(なげ)いていた。

「ベイルたち、店が開けられないってことは、利益が得られなくて困窮していると思うよ。おまけに、きみたちを結婚式の会場から連れ出したのが彼らだってバレたら、きっとただじゃ済まない。彼らを雇って一緒に来てもらうのがいちばんだと思うけどな」

ルキアに言われ、アーロンは腕組みをして押し黙ってしまった。

「ちなみに、カナタをここに置いていくのもナシだよ。ぼく一人じゃ、この子を守りきれる自信がない。海竜探しに行くのなら、カナタも連れて行かなくちゃダメだ」

追い打ちのようにかけられた言葉に、アーロンは腕組みをしたまま、天を仰ぐ。

彼は大きなため息を吐くと、しばらくの間、そのままの姿勢で考え込んでしまった。

他に選択肢がなかったのだと思う。

結局、アーロンはぼくとベイルと彼の店で働くドワーフたちを連れて、海竜探しに向かうことを選んだ。

王都から遠く離れた港町で、ぼくらはアーロンの持ち物だという大きな船に乗り込む。

「お前たちまで巻き込んでしまって、本当にすまない」

謝罪の言葉を口にしたアーロンに、ベイルは、ふんと鼻を鳴らす。

「別に、お前さんのためじゃない。短い間だったが、カナタは俺の店の一員だったんだ。自分とこの従業員が酷い目に遭っているってのに、放っておけるわけがねぇだろ」

船上を吹き抜ける潮風に目を細めながら、ベイルはそっけない口調で言った。

「あ、ありがとうございますっ……。お世話になりっぱなしで、なんにも恩返しをできないままで、本当にごめんなさい」

深々と頭を下げたぼくに、ベイルは「そうでもねぇぞ」と答える。

「お前さんが教えてくれた、あの『オムレツ』とかいう料理。ありゃ、ウチの店始まって以来の大人気料理になるぜ。あとはあの、パンに腸詰め肉を挟むやつ、なんて言ったか……」

「『ホットドッグ』ですか？」

「ああ、それ。それだ。お前の作る腸詰めの作り方は、俺のより断然パリッとしてるし。あれを細長いパンに挟むなんてのは、俺には絶対にない発想だ」

「あれ、旨かったっすねぇ。カナタの料理はどれも旨いけど、俺、特にあれが好きなんすよ」

　ベイルとドワーフたちの会話に、アーロンが加わる。

「なんだ、それ。俺、食べてないぞ」

「お前さん、一度も喰ってなかったっけ？　ありゃ凄ぇぞ。シンプルなやつも旨いが、トマトソースをかけたやつや、ひき肉を辛く煮たやつをかけたのも最高に旨いんだ。はちみつ酒や麦酒とぴったりでな。毎日喰っても喰い飽きない、最高の料理だ」

　うっとりした声でベイルが告げると、アーロンは大人げなく、ムッと口を尖らせた。

「ズルいぞ、カナタ。なぜ、俺に作ってくれなかったんだ」

「え、わ、ごめんなさい。アーロン、いつも特大のオムレツばかり頼むし。オムレツ以外には興味がないのかと思って……」

慌てて謝罪したぼくに、アーロンは、にっと白い歯を見せて微笑む。

「まあいい。今度、作ってくれ。この旅を無事に終えたら――」

そう言いかけて、アーロンは口をつぐむ。

「旅が終わる頃には、お前はもう、この世界にはいないんだったな」

そんなふうに言われて、ぎゅっと胸が苦しくなる。

『別に、ぼくは元の世界に戻れなくても構わないよ』

口から出てきそうになって、だけど、それを言えば、アーロンを困らせることになると思って、きゅ、と唇を引き結ぶ。

ぼくがこの世界に居続ければ、アーロンは、この先もずっと、ぼくを護ろうとするだろう。

とてつもない賞金をかけられ、賞金稼ぎや王子の追っ手から、足手まといのぼくを連れたまま、逃げ続けなくちゃいけなくなる。

アーロンだけじゃない。ベイルたちもだ。ぼくのせいで、みんなが不幸になってしまう。

「その『ホットドッグ』とやら。一度でいいから、喰ってみたかったな」

ぼそりと呟いたアーロンの言葉に、目頭がじんわり熱くなってしまった。

ベイルたちはあの店を開くまで、船乗りとして働いていたのだそうだ。

ドワーフというと、森で暮らしているイメージだったけれど、軽量で小型、タフで働き者の彼らは、船乗りとして重宝されているらしい。

「俺の料理は、船室仕込みなんだ」

遠洋船の乗組員にとって、船内での唯一の楽しみとも言える食事の時間。

限られた食材を使って腕をふるううちに、ベイルの料理の腕は鍛えられたのだという。

「そうなんですね！　だからベイルさんの作る料理は、塩漬け肉を効果的に使った料理が多いんですか」

「まあそうだな。塩漬け肉に古くなって乾燥したパン、乾燥させた豆や根菜が、船上での主食だからな」

地上でも、庶民の生活は決して豊かとは言い難い。格安の食材を魔法のようにおいしい料理に変えるベイルの技は、だからこそ、皆から重宝されていた。

安くておいしい料理で、皆を笑顔にする。

ぼくが元の世界で叶えたかった夢を、ベイルは実現していた人なのだ。

「店、本当にごめんなさい。ぼくのせいで……」

ベイルの営む酒場は、常にお客さんで満席の、町でも評判の店だった。

憲兵がうろつき、居座っている状況が長く続けば、常連のお客さんたちも、離れてしまうだろう。

「気にするな。カナタのせいじゃない。悪いのは全部、あの横暴な王子だ。それにな——」

野菜を剥く手を止め、ぼくを見上げたベイルの声に、ドワーフの叫び声が重なった。

「賊だ！　賊の襲撃だッ！」

カーンカーンと鐘を打ち鳴らす音がして、船内にどよめきが起こる。

船室で料理をしていたぼくとベイルも、甲板に飛び出した。

「カナタ、お前は下がってろ！」

ぼくに気づいたアーロンが叫ぶ。

彼の背後には、禍々しい黒い旗を掲げた大きな船が見えた。

「あれが、賊？」

もっと、ちいさな船を想像していた。小規模な、漁船のような船を。

けれども、近づいてくるその船は、アーロンの船の何倍も大きい。そして、そんな船の上に、ぎっしりと賊が乗り込んでいるのだ。

「カナタ、早く。早く船室に逃げるんだ！」

「でもっ……」

あんなに大勢に攻められたら、いくらアーロンが強くたって、敵うわけがない。

「任せておけ、カナタ。俺らドワーフは、火矢の達人なんだ」

ベイルはそう言うと、ぼくを船室へと押し戻す。

「火矢？」

「ああ。あんな奴ら、俺らの火矢で燃やし尽くしてやるから。お前さんは船室で大人しく待ってろよ」

にかっと笑って、ベイルは他のドワーフたちの元へと駆けてゆく。

ベイルの言うとおり、ドワーフたちは皆、自分の身体よりも大きな弓矢を構えていた。どれも矢の先に、布のようなものがついている。

「お前ら、行くぞ！」

「おう！」

「アーロン、向こうから飛んでくるモンは、お前が防いでくれよ」

「任せろ！」

海賊たちも、弓矢を使うようだ。

けれども、互いの船が離れているせいか、こちらの船は射程圏内には入ってないらしい。

「向こうの矢が届かないってことは、こっちの矢も届かないんじゃ……」

船室から少しだけ顔を出し、そっと様子を伺う。

ベイルたちの火矢が、一気に放たれる。

海中に落ちるかと思われたそれらの火矢は、次々と敵の船に命中した。

「すごい！」

相手の船の旗や帆が、次々と燃えてゆく。

賊たちは必死で消火作業をし、船を撤退させようとしている。

「やった！」

ベイルたちのおかげで、賊をやっつけた。

そう思った瞬間、ずぶ濡れの男が、船の縁をよじ登ってきた。

「皆、伏せろ！」

アーロンが素早く甲板を蹴り、剣を振り下ろす。鮮血が飛び散り、男の悲鳴が響いた。

「アーロン、向こうからも来たよ！」

ぼくはアーロンがいるのとは反対の縁を指さし、大声で叫んだ。

「なぜ出てきた。カナタ。なかに入ってろって言っただろう！」

アーロンは大声で叫び、船上によじ登ってきた男を切りつけた。

「まずい、次から次へと来るぜ」

弓矢での攻撃は、そちらに意識を向けさせるための罠だったのかもしれない。

小さな船で、続々と賊がこの船に乗り込もうとしているらしい。

「小舟ごと燃やすぞ！」

ベイルたちは船の縁に駆け寄り、次々と小舟に向かって矢を放つ。

縁をよじ登っている者たちには、火矢ではなく、普通の矢を放っているようだ。

怒号と悲鳴、そこかしこで上がる炎と、黒い煙。

船内に戻るべきだとわかっていても、どうしても気になって、甲板の様子を見続けてしまう。

何名かは、防ぎきれずに甲板までよじ登ってきた。それらの賊たちを、アーロンが次々と斬り倒してゆく。

あまりにも鮮やかなその腕前に、思わず見惚れる。

人が命を失う場面を初めて見たショックと、緊迫した状況に、完全に我を忘れてしまっていたのだと思う。

呆然と立ち尽くしていたぼくの首に、唐突に誰かの腕が回された。

「なんだ、こんなにもいい香りのモンを、隠してやがったのか。戦利品として、これをいただいていこう」

下卑た声で言うと、背後に立った男は、ぼくの頬に舌を這わせた。

「っ――」

「カナタ！」

アーロンの叫ぶ声が聞こえる。

勢いよく駆け寄ってきたアーロンが、賊の身体をぼくから引き剥がす。床に叩きつけられた賊は、甲板でぐるりと回転して、ベイルたちの前に転がっていった。

「この野郎ッ！」

素早く短剣を引き抜き、斬りかかろうとしたベイルに、賊は砂つぶのようなものを投げつけた。

「っ――、なんだ、これはっ……」

目を腕で覆い隠したベイルに、男は短剣を突き立てる。

「ベイル！」

ベイルの周りのドワーフが、アーロンが、そして、ぼくが叫んだ。

ベイルの名前を、皆が叫んでいる。

最初に動いたのは、アーロンだった。男に駆け寄り、迷うことなく一刀両断に切りつける。

鮮血を吹いて倒れた男の足元に、腹を押さえたベイルがうずくまっていた。

「ベイルっ……！」

駆け寄ったぼくに、アーロンはベイルを託す。

「まだ賊がくるかもしれない。カナタ、ベイルを船室へ連れて行ってくれっ」

「血が出てるよ。こんな状態で、動かして大丈夫なの？」

「いいから早く！」

アーロンの言うとおり、賊はまだ残っていた。船首のほうから、一人の男がよじ登ってくる。

「カナタ！　急げ！」

ぼくも足手まといだし、このままじゃベイルも、どうしたって攻撃を防ぎようがない。

「ベイルさん、行こう！」

苦しげに喘ぐベイルを、ぼくはそっと抱き上げた。

小さいのに、ドワーフはとても重い。

ふらつきながら船室に入り、扉に鍵をかける。

どうか、アーロンやドワーフたちが、すべての賊を、片づけてくれますように。

無事に、ベイルを助けられますように。

専門学校の応急処置の授業で習った止血の知識を思い出しながら、ぼくは必死でベイルの傷を押さえ続けた。

「出てきていいぞ」とアーロンの声がして、おそるおそる甲板に出ると、そこには燃えさかる賊の船と、水面に浮かぶ無数の亡骸(なきがら)があった。

ベイル以外は、重傷を負った者はいないようだ。

「ベイルの具合はどうだ」

心配そうに問われ、ぼくは震える声で答える。

「意識がないんだ。脈はあるけど、呼吸も弱々しくて……。アーロン、不思議な力を持つ伝令鳥石を持っていたよね？　治癒に使える魔法の道具とか、ないの？」

ぼくの問いに、アーロンはちいさく首を振る。

「治癒魔法の道具は稀少でな。以前は軍にも配備されていたが、今はすべて王家が独占しているんだ」

「そんな……」

アーロンは懐からなにかを取り出した。

「それは？」

「抗菌効果のある薬草を煎じた薬だ。傷口から入った菌が繁殖するのを防いでくれる。この薬を飲ませて、近くの港まで急ごう」

いちばん近い港に寄港し、急いで治癒師に見せるのだとアーロンは言った。

だけど――。

アーロンとぼくがベイルの元に向かうと、さっきまで弱々しいながらも呼吸をしていたベイルが、静かになっていた。

「ベイルさん!?」

手首に触れると、脈動も感じられない。

「そんな……」

ぼくの叫び声が、甲板まで聞こえたのだと思う。

ドワーフたちが、次々と船室内にやってきた。

「ベイル……」

すすり泣く声が、そこかしこから聞こえる。

危険な旅に巻き込んだぼくやアーロンを責めるかと思ったのに。ドワーフたちは、誰もぼくらを責めたりはしなかった。

「アーロン。ベイルから聞いたよ。あんたが『海竜の涙』を探しているのは、あのクソ野郎たちから、玉座を奪還するためだってな」

ドワーフのひとり、ケイジが静かな声でアーロンに語りかける。

「すまない。近くの港に寄ってベイルの亡骸とお前たちを解放する」

「その必要はねぇ。もしベイルが話せる状態なら、『このまま突き進め』って言ったに違いない。『俺のことは構うな。最後までアーロンを助けてやれ』って、あいつなら絶対にそういったはずだ」

ケイジの言葉に、ぼくは、涙が溢れてきそうになった。

船室に運び込んだベイルが意識を失う直前、苦しそうに発した言葉が、まさにそのとおりだったからだ。

『たとえ俺になにがあっても……航海を途中でやめるな。俺の屍は……海に投げ捨ててくれて構わない。アーロンに……大義を果たさせてやりたいんだ』

激痛と闘いながら、息も絶え絶えに発された言葉。

ベイルの最後の言葉を、ぼくは皆に伝えた。

アーロンの拳に、ぐっと力が籠もる。

色が変わるほど強く己の拳を握りしめ、アーロンは言った。

「『海竜の涙』は、必ず三つ手に入れる。ひとつはカナタを元の世界に戻すために。もうひとつは玉座奪還のために。そしてもうひとつは、ベイルを蘇らせるために」

「海竜の涙ってのは、死者を蘇らせることもできるのか？」

ケイジの問いに、アーロンが頷く。

「どんな願いでも叶えられると聞く。死者を蘇らせることだってできるだろう。ちなみに優先順位は、ベイルの蘇生が最優先だ。次にカナタを元の世界に戻す。それでいいな？」

アーロンに問われ、ぼくは「もちろんだよ」と頷く。

ベイルを蘇生させる方法があるのなら、なによりも優先して欲しいし、正直に言えばぼくは、一分一秒でも長く、アーロンの側にいたいのだ。

「そういえば、もうひとつの『玉座奪還』って……？」

首をかしげたぼくに、アーロンはなにも答えてくれなかった。

煎じ薬を胸元にしまい、ベイルの身体にシーツを被せる。

「よし、一刻も早く、海竜を見つけ出そう。ベイルを蘇らせるんだ！」

「おう！」とドワーフたちが、拳を突き上げる。

賊のいなくなった平和な海を、ぼくらの船は帆を広げて、ひたすら海竜の住み処に向かって進み続けた。

第八章　海竜の涙とアーロンの願い

ルキアが教えてくれた海竜の住み処は、海底火山の大噴火でできた比較的新しい無人島だった。

大噴火で噴き出した溶岩が冷えて固まり、ゴツゴツとした灰色の大地をかたちづくった島。島の南西に大きな洞窟があり、その奥に海竜の巣があるらしい。

近くまで帆船で向かった後、偵察用の小舟で、ぼくとアーロン、ドワーフ二名で洞窟の入り口まで向かった。

「このなかに、入るんですか……？」

洞窟には海水が流れ込んでおり、陽差しの届かない奥のほうは、光源がなく真っ暗だ。どのくらいの水位なのかわからないし、どんな生き物が潜んでいるのかもわからない。うかつに足を踏み入れるのは、危険なように見える。

「やめたほうが無難だろうな。海竜は水中でも呼吸できるらしいから。真っ暗な水場では、俺たち人間やドワーフに勝ち目はない」

冷静な声で言うと、アーロンはたいまつの炎で、なかを照らした。

「じゃあ、どうするの？」

「外に引きずり出して、明るい場所で『海竜の涙』を採取する」

アーロンはそう言うと、洞窟内に、布袋を積み上げた小舟のようなものを浮かべた。

「それ、なに？」

「燃やすと、強烈な匂いを発する薬草だ。こいつに火をつけて、海竜を洞窟の外におびき出す」

今はちょうど、潮の流れが洞窟の奥のほうへ向かって流れているらしい。

ドワーフのひとりが、素早く火矢を放って布袋に点火する。

ぼわっと燃え上がった布袋を乗せた小舟が、ゆっくりと洞窟の奥に吸い込まれていった。

洞窟を離れると、アーロンは、ぼくとドワーフを帆船に戻し、一人、小舟の上で待機した。

しばらくすると、「ぎゃぁあああああお！」と苦しげな雄叫びが聞こえてきた。

小舟の上のアーロンが剣を構え、帆船から見守るぼくたちにも、緊張が走る。

息を殺してじっと見守っていると、洞窟の入り口から、想像していた『海竜』とは似ても似つかない、可愛らしい生き物が姿を現した。

「あれが、海竜……？」

海に棲む竜。てっきりぼくは、ファンタジーの世界に出てくるドラゴンのような、ものすごく大きくてゴツゴツした、恐ろしい生き物を思い浮かべていた。

だけど翡翠色の鱗に覆われた目の前のそれは、水族館で見たことのあるトドくらいの大きさしかなくて、形もぼくの知るドラゴンより、だいぶ丸っこい。

おまけに、顔だちは『怖い』どころか、なんだか今にも泣きだしそうな困り顔だ。まん丸でつぶらな目がつやつやしていて、ゴマフアザラシの赤ちゃんとか、そういう生き物を想像してしまいそうな感じ。

「きゅううう―！」

アーロンの構えた剣を目にした海竜は、怯えたように啼き声を上げる。

アーロンは、あまりにも可愛らしいその生き物の姿に、少し戸惑っているようだ。剣を構えたまま、固まっている。

「きゅぅうう―！」

再び啼き声を上げた海竜のその声が、ぼくには『殺さないで！』と言っているように聞こえた。

空耳だ、って思いたいのに。一度そう思うと、そうとしか聞こえなくなってくる。

「きゅうう、うー！」

あれ、今度は違う言葉に聞こえる。

『おねがい、たしゅけて！』

赤ちゃん言葉……？

「もしかして、きみ、まだ子どもなの？」

大きな声で問いかけると、海竜は帆船の甲板に立つぼくを見上げ、「きゅうう－！」と答えた。『まだ、こどもだよ！』と、聞こえたような気がする。

「アーロン、ちょっと待って。まだ殺さないで。この子、まだ子どもみたいだよ」

アーロンに告げた後、ぼくは再び海竜に話しかける。

「きみ、ひとりぼっち？　お母さんやお父さんは？」

「きゅう、うー！　うー！」

海竜は哀しげな声で、『しんじゃったよ』と答えた。『ここには、ぼくしかいない』と。

「子どもなのに、ひとりきりで暮らしているの？」

海竜は少し困ったような顔をした後、『えさ、くれる、やさしいまじゅうがいる』と答えた。

洞窟のなかには、海竜を親海竜の代わりに育ててくれている、魔獣たちがいるのだという。

『やさしいまじゅう。だから、ころさないで。ころすなら、ボクだけ』

もしかして、この洞窟のなかにいる魔獣たちを護るために、この子は自分だけ出てきたのだろうか。

「カナタ。お前、海竜と喋れるのか……？」

怪訝そうな声で、アーロンがぼくに訊ねる。

「うん。なぜかわからないけど、言葉が通じるみたい」

海竜だけじゃなくて、たぶん、アーロンやドワーフの皆も、ぼくの知らない言語を話しているはずだ。それなのに、ちゃんとぼくには理解できているし、ぼくの話す言葉も、彼らに理解できている。

異世界から飛ばされてきた人間の言語は、種族や国に関係なく、通じるようになっているのかもしれない。

もし仮に通じなかったら、それこそ、数時間で野垂れ死ぬことになっただろう。

「アーロンが欲しがってる、『海竜の涙』って、海竜を殺さないと手に入らないの？」

ぼくの問いに、アーロンはちいさく首を振る。

「いや、殺さなくても、海竜から譲って貰えればそれでいい。まさか海竜と会話のできる人間がいるとは思わなかったからな。申し訳ないことに、力尽くで奪う気でいたんだが――」

あまりにも可愛らしい見た目の海竜に、アーロンも困惑しているようだ。

ぼくは再び海竜に向き直り、問いかけた。

「ぼくの大切な友人が、死んでしまったんだ。どうしても、生き返らせたい。きみの持っている、『海竜の涙』があれば、どんな願いでも叶えられるみたいなんだけど、それを分けてもらうことはできないかな」

『ともだち、しんじゃったの？』

心配そうな顔で、海竜はぼくを見上げる。

「海賊にやられたんだ。黒い旗の、大きな船に乗ってる海賊」

海竜の身体が、びくっとこわばる。

彼は、今にも泣きだしそうな声で、「きゅううううー」と啼いた。

『くろいはたのおふね、ボクのおとうさんとおかあさん、ころした』

途切れ途切れに、海竜は呟く。

「そうなの!?」

『うん……。おっきくなったら、ボク、くろいはたのおふね、やっつける』

きゅぅうぅーと啼いて、海竜は訴える。

「ごめん。もう、全員死んじゃったよ。アーロンがやっつけたんだ」

「きゅう!?」

びくん、と身体を跳ねさせ、海竜はぼくを見上げる。

「あ、えっとね、アーロンって言うのは、そこにいるおっきい人のことだよ」

ぼくがアーロンを指さすと、海竜は、ぶるぶると震えだす。

自分も殺されちゃうって、思っているのかもしれない。

「大丈夫だよ。アーロンはね、弱いものいじめなんてしない。優しい人だよ」

『ほんと……?』

心配そうな顔で、海竜がアーロンとぼくを見比べる。

「本当。ただね、さっきも言ったとおり、友だちが死んじゃって、どうしても生き返らせたいんだ。きみの持っている、『海竜の涙』があれば、願いを叶えられると思うんだけど……」

『どんな願いでも、叶うの……？』

「そう言われてるみたいだよ。知らなかった？」

海竜は少し考え込むようにして、『くろいはたのおふね、おとうさんとおかあさんをころして、うろこ、ぬすんだの』と答えた。

「鱗？」

『うん。これ』

前足で、海竜は首の下にある、そこだけ色の違う、淡い水色に輝く鱗を指さした。

「もしかして、それが『海竜の涙』？」

ぼくの問いに、海竜は困ったような顔をする。

『そのことば、きいたことない。でも、たぶん……そう。くろいはたのおふね、おとうさんとおかあさんから、ぜんぶぬすんだの』

きゅううーと首をうなだれさせ、海竜は啼いた。

ぼくは、そこまで聞いて、ふと、あることに思い至った。

「ねえ、もし本当に『海竜の涙』を使えば願いが叶うなら、きみのお父さんとお母さんを、生き返らせることもできるんじゃない？」

「きゅう!?」

驚いたように、海竜が、ぴょこんと尻尾を立てる。

「その鱗は、きみのものだ。だから、まずはお父さんとお母さんを、生き返らせるべきだよ」

「きゅー！」

「もし、それでも余ったら——ぼくらにも、分けて貰えるとありがたいな。友だちを、どうしても生き返らせたいんだ」

「きゅ、きゅ、きゅー！」

『あおいうろこ、みっつ。おとうさん、おかあさん、ともだち。ちょうどみっつ！』

ぴょこぴょこと飛び跳ね、海竜が叫ぶ。

ドラゴンと比べたら小さいとはいえ、トド級の大きさだ。どすんどすんと地響きのような音がした。

「お、おい、カナタ。いったいなにを話している？」

アーロンに問われ、ぼくは答える。

「この子の『海竜の涙』は、三つしかないんだって。ひとつは、この子のお父さんを生き返らせるのに。もうひとつは、お母さんを生き返らせるのに使って、最後のひとつを、ベイルを生き返らせるのに使ってもいいって」

小舟の上のアーロンが、ようやく剣を鞘にしまう。

彼は海竜の鱗をじっと見上げたあと、ぼくを仰ぎ見た。

「カナタ、お前はそれでいいのか。三つしかないんだろう。もしベイルを生き返らせるのに使えば、お前は元の世界には戻れないんだぞ」

そんなのは、わかってる。だけど、どちらかひとつしか選べないのなら、ぼくはベイルの命を選ぶ。だって、ベイルはぼくらのために、この航海に参加してくれたのだ。

ぼくらを助けるために、わざわざ来てくれた。

「ぼくは、それでいい。アーロンは？　アーロンにも、叶えたい願いがあるんだよね？」

この大きさの海竜なら、アーロンなら一撃で倒せてしまうのかもしれない。

海竜を殺して、三つとも奪うことだってできるだろう。

だけど──アーロンは、きっと、海竜を殺さない。

この子から、無理矢理鱗を奪ったりしない。

ぼくは、アーロンのことを信じたかった。

アーロンは剣の鞘にあてていた手を、ゆっくりと退けた。

攻撃の意思がないことを示すかのように、両手を自分の太ももに当てて、無防備な姿勢で海竜に話しかける。

「頼む。その鱗を、ひとつ、分けてくれないか。友人を助けるために、どうしても必要なんだ」

アーロンの言葉は、海竜には伝わらない。

ぼくが代わりに、海竜に伝えた。

「おねがい、ひとつだけ、分けて欲しい。友人を生き返らせたいんだ」

「きゅううー！」

海竜は、『いいよ！』と言ってくれた。その代わり、どうしたら生き返らせられるのか、教えて欲しい、と、つぶらな瞳を潤ませる。

「アーロン、『海竜の涙』の使い方、わかる？」

「ああ。ルキアが調べてくれた。だが、鱗を剥がすのは痛いんじゃないか。大丈夫か」

心配そうに、アーロンが海竜を見上げる。

アーロンが優しい人で本当によかった。ぼくはアーロンの言葉を、そのまま海竜に告げた。

『いたいの、がんばる！　おとうさん、おかあさん、あいたいの』

切実な声で、海竜は訴える。

「お父さんとお母さんに会いたいから、痛くても頑張るって」

ぼくが海竜の言葉を告げると、アーロンはちいさく頷き、「できるだけ、痛みを感じずに済むようにしてやる」と言った。

塗ると、塗った場所が痛みを感じづらくなる、麻酔薬のような効果を持つ薬草があるのだそうだ。

アーロンはその薬草を手に、小舟から飛び降りて海竜のほうに向かう。

「痛いの、和らぐ薬だって。塗ってもいい？」

ぼくの問いに、海竜は、「きゅぅー！」と答える。

アーロンが手を伸ばすと、海竜は身をかがめるようにして、アーロンの手のひらを受け容れた。薬草のペーストを塗った後、しばらく時間をおく。

その後、アーロンは三つ並んだ海竜の水色の鱗を、短刀で一枚ずつ剥がした。

「きゅぅ、うー！」

薬草が効いているとはいえ、鱗を剥がすのは痛いのだと思う。海竜が辛そうな啼き声を上げる。アーロンは海竜をなだめるように、優しく声をかけてやっている。

「あとちょっとだ、頑張れ。よし、一枚目、取れたぞ」

「きゅ、きゅうー！」

ホッとしたような声で、海竜が啼く。

さらに一枚、もう一枚、とアーロンは慎重に海竜の鱗を剥がした。

剥がし終えると、「よく耐えたな。痛かっただろう」と労るように海竜の身体を撫でる。

海竜は「きゅううー」と甘えたように啼いて、アーロンにすり寄った。

その姿に、なんだかちょっと涙が溢れそうになった。

両親を生き返らせるために、海竜は頑張って痛みに耐えたのだ。

「海竜の涙。本当に、効いてくれるといいんだけど――」

どんな願いも叶える、なんて、正直に言うと、ちょっと信じられない。

だけど、海竜の味わった痛みを思うと、なんとしてでも叶って欲しいと思う。

海竜の両親もベイルも、無事に生き返って欲しい。

「よし、これを使って、海竜の親たちとベイルを生き返らせるぞ！」

アーロンが海竜の水色の鱗を掲げて見せる。

ベイルの死を前に、悲観に暮れていたドワーフたちが、「おおっ！」と歓声を上げた。

『海竜の涙』を使って願い事を叶えてもらうためには、その願いを叶えてもらいたい者の血を、海竜の涙に垂らす必要があるらしい。

海竜のお父さんとお母さんを生き返らせるための鱗には海竜の血を、ベイルを生き返らせるための鱗には、ベイルの弟分のドワーフ、ケイジの血を垂らすことになった。

ぼくとケイジは、船を下りてアーロンと海竜の元に向かう。

「本当に、ベイルのために使っちまっていいのか」

ケイジは心配そうに、ぼくとアーロンを見上げる。

ぼくとアーロンは頷き合って、ケイジに答えた。

「ベイルのために使いたい。俺もカナタも、心からそう思ってるよ」

ケイジはおずおずと頷き、ナイフで指先に傷をつける。海竜の血は、アーロンがいちばん痛くなさそうな、尻尾の尖端を少しだけ傷つけて鱗に垂らした。

海竜とケイジが、アーロンがルキアから教わってきたという祈りの文言を唱える。すると、三枚の鱗がまばゆい光を放ち、ふわりと空に舞い上がった。

光を増したそれが、粉々に砕け散る。激しい風が吹き荒れ、まるでダイヤモンドダストみたいに、キラキラと輝く光の柱が現れる。

その光が弾け、まばゆさに目を閉じると、キインと鋭い耳鳴りのような音がした。

おそるおそる目を開くと、そこには巨大な三つの光の球があった。

光の球のなかには、二頭の海竜とベイルがそれぞれ入っている。

「ちょっと待ってくれ。ベイルの遺体は、船室のなかだよな……?」

怪訝そうな声で、船上のドワーフの一人が呟く。

「ってか、真っ裸じゃねぇか。うわぁ、ベイルの兄貴、桁外れにデカいイチモツ持ちってのは本当だったんだな……」

「阿呆かお前。こんな大事なときに、なに股間なんか見てんだよ」

甲板から我先にと身を乗り出すようにして、ドワーフたちは、ベイルの姿を確かめようとする。

ベイルを包み込んだ光の球が、すうっと甲板に近づいてゆく。

海竜を包み込んだ二つの光は、海竜の子のほうに近づいていった。

光の球が弾け、ベイルの身体が中空に放り出される。ドワーフの一人が慌ててベイルの身体を抱き留めた。

「ん……なんだ、お前たち。泣きそうな顔をして」

ベイルがゆっくりと目を開いた瞬間、ドワーフたちは一斉にベイルに飛びつく。

「うわ、おい、やめろ！　うっとうしい。離せ！」

全裸のベイルは、歓喜したドワーフたちに、もみくちゃにされてしまった。

「よかった。海竜のお父さんとお母さんも、無事生き返ったみたいだね」

巨大な二頭の海竜に、子海竜は、甘えたように身体をすり寄せる。

「ああ、喜ばしいことだが……まずいんじゃないか。あの海竜は人間に殺されたんだろう？　俺たちを見たら、攻撃してくるかもしれない」

警戒して剣を抜こうとしたアーロンを、ぼくは慌てて制する。

「アーロン、大丈夫だよ。ちゃんと、あの子が説明してくれてる」

あのニンゲンは、わるいニンゲンじゃない。

おとうさんと、おかあさんをいきかえらせるほうほうを、おしえてくれたんだよ。

たいせつな、ぼくのおともだちだよ。

子海竜は、一生懸命、そう伝えてくれた。

大きな海竜二頭が、ぼくらに向かって「きあぁあああお！」と啼いた。

『己の願いを叶えることだけに、使うこともできたのに。私たちを生き返らせてくれてありがとう』と、ぼくには聞こえた。

二頭の海竜は、どちらも一枚も、海竜の涙が残っていない。

鱗を剥がされた痕が、痛々しく残っている。

不思議な力で生き返っても、鱗は戻ってこないのだろう。

「カナタ。彼ら以外にも、どこかに海竜の仲間がいないか、聞いてみてくれないか。もし仮に仲間がいれば、お前を元の世界に戻して貰えるかもしれない」

アーロンに問われ、ぼくは彼を見上げた。

「アーロンも、彼らの鱗で願いを叶えたい？」

「いや。俺はいい――」

鱗を剥がすとき、海竜はとても痛そうにしていた。

彼らが言葉の通じる、意思疎通のできる相手だとわかった今、ぼくは彼らの仲間を探し出して、鱗を貰ってまで、元の世界に戻りたいと考えることはできそうになかった。

「ぼくも要らない。彼らにとって、きっとあの鱗はとても大切なものだ。仮にまだ仲間がいるのなら、それは彼らのために使うべきものだと思う」

仲睦まじく身を寄せ合う海竜の親子を見つめ、ぼくはそう呟く。

すると唐突に、アーロンの大きな手のひらで、くしゃくしゃと頭を撫でられた。

「俺もそう思う。人を害する魔獣や獣は、問答無用で排除すべきだとずっと思ってきた。だが、もしかしたら魔獣や獣の側にも、言い分はあったのかもしれないな。人間に攻撃されるから、自分の身を守るために人間を攻撃していたのかもしれない」

剣から手を離し、アーロンは目を細める。

「人間の住む場所に入ってきて暴れる輩は、どうしても駆除する必要があるが、彼らのように人間のいない場所でひっそり暮らしている魔獣や獣を、人間がわざわざ出向いていって狩るのは、先刻の賊がしていたのと同じ行為をすることになる」

黒い旗を掲げていた海賊たち。ぼくらの船を襲ってベイルを殺し、鱗を奪うために、海竜の両親を殺した。

彼らの傍若無人な姿は、賞金稼ぎを生業にしているアーロンにとって、思うところがあったのかもしれない。

「うん。ただ、ぼくにもすべての魔獣の言葉が理解できるわけじゃないと思うし、対話で解決できないこともあるかもしれないけれどね」

「ああ、そのとおりだ。本来なら言葉が通じるはずの人間同士でさえ、意思疎通ができないことがあるのだからな」

アーロンはそう言って、ちいさく肩を竦めてみせる。

「どこか、あの王子の目の届かない別の国に逃げる、という選択肢もなくはないが、どこに逃げても、お前を力尽くで手に入れようとする者は現れるのだろうな」

「ごめん。アーロンに迷惑をかけることになるよね。やっぱり、ぼく……」

ぼくが王子の元に戻れば、アーロンにかけられた賞金を撤回してもらうことができるだろうか。もしできるのなら――。

「カナタのおかげで決心がついた。もう、逃げも隠れもしない。カナタ。お前が誰からも傷つけられることがないよう、この国を変えてみせる」

力強く宣言したアーロンに、冷やかすような口笛が飛ぶ。

「そんな言い方じゃ、鈍感なカナタには伝わらねぇぞ」

「そうだそうだ。ハッキリ告らなきゃ、カナタは気づかねぇ」

ベイルたちドワーフに囃し立てられ、アーロンの頬が赤く染まる。

「黙れ！」

「ほら、告れよ。今のタイミングを逃したら、この先も言えねぇぞ」

アーロンとドワーフたちの謎のやりとりに、ぼくは首をかしげる。

「みんな、なんの話をしてるの……？」

「きゅきゅ、きゅー！」

なぜか、ベイルたちではなく、子海竜が教えてくれた。

『そのでっかいおにいちゃんは、カナタのことがだいすきなんだよ。カナタをおうじさまにとられたくないから、がんばるんだって』

「……!? あ、あり得ないよ。アーロンが、ぼくを好きとか……」

かぁっと頬が熱くなって、ぼくは一歩、後ずさる。

「ほら見ろ、ちっとも伝わってねぇ」

腰布で下半身を隠したベイルが、呆れた顔でため息を吐いた。

「今ですよ、アーロンさん」

ケイジに背中を押されたアーロンが、ぼくの前に歩み出る。

アーロンは、ちいさく深呼吸し、ぼくの前に跪(ひざまず)いた。

「カナタ。お前が誰かに傷つけられるのを、絶対に見たくないんだ。もし、今後もお前がこの世界で暮らし続けるというのなら、この先、お前が一生安全に暮らせるよう、お前のことを守り続けていたい」

跪いたままのアーロンが、ぼくの手をそっと握る。

「おい、それじゃ無理だ。そんなんじゃ、カナタには伝わらない」

「うるさい、黙れ！」

ベイルたちに囃し立てられ、アーロンが彼らを睨みつける。

そして、再びぼくを見上げ、真摯な眼差しで告げた。

「カナタ、好きだ。俺と、結婚して欲しい」

「……!?」

唐突すぎる言葉に、一瞬、呼吸が止まった。

いったい、アーロンがなにを言っているのか、理解できなかった。

　ぼくの手を握るアーロンの手に、ぎゅ、と力が籠もる。

「もしかして、元いた世界に、決まった相手がいたのか？」

　心配そうに問われ、ぼくはふるふると首を振る。

「じゃあ、『男』はダメ、とか」

　さらに、ぼくは大きく首を振った。ぼくは同性愛者だ。むしろ、女性のことは、性的な目で見られない。

「相手が俺だから、ダメなのか」

「じゃあ――」

　ぼくは、首がもげそうなほど思いきり、首を振る。

「だめ、じゃない。だめじゃないけど。ぼくがこんなだから、守らなくちゃいけないから、仕方なく結婚する、とか。そんなのダメだよ。アーロンは、ちゃんと好きな相手と結婚しなくちゃ」

　ドワーフたちの間に、どっと笑いが起こる。

「ダメだこりゃ。あれだけストレートに言っても、カナタには伝わらないらしい」

「きゅー、きゅきゅきゅ！」

『でっかいおにいちゃん、カナタ、だいすき！　カナタ、きづいてないの？』

子海竜まで、おかしそうに身体を揺すって笑う。

「嘘だ。アーロンがぼくのことを好きなわけない。だって、みんなぼくの匂いにやられて集まってくるのに、アーロンだけは指一本触れてくれなかったんだ」

「馬鹿だなぁ。カナタのことが、大切だからに決まってるじゃねぇか」

ベイルがツッコミ、「きゅー、きゅ！」と子海竜が頷く。

「本当に？」

ぼくの問いに、アーロンの頬が、かぁっと赤く染まる。

「最初のうちは、自分でもわからなかったんだ。こんなにも強くカナタに惹かれる理由が。皆と同じように、お前の誘惑香にあてられているのかもしれない、と思った」

ぎゅ、とぼくの手を握りしめたまま、アーロンは続ける。

「だけど、違う。俺が惹かれているのは、お前の匂いじゃない。お前のその、まっすぐさだ。散々危険な目に遭って、この先だってなんの身の保証もないのに。それなのに安全な世界に戻ることよりも、ベイルを生き返らせることを望んだ。海竜から鱗を奪ってまで、自分の望みを叶えるなんて嫌だと、お前は言っただろう」

「それは……」

ベイルや海竜が大切な気持ちは、本当だ。

だけど正直に言えば、それ以上に、アーロンのそばにいたいっていう気持ちのほうが大きい。

「ぼくのこれは、優しさでも善意でもないよ。ただのわがままなんだ。アーロンのそばにいたかった。元の世界に未練がないっていったら、嘘になるけど。それ以上に、アーロンと離れるのが嫌だったんだよ」

ぼくの言葉に、アーロンの目が大きく見開かれる。

「カナタ……？」

「アーロンのことが、好き。迷惑になるの、わかってるのに。それでも、そばにいたい。ずっと――アーロンのそばにいたいんだよ」

ドワーフたちから、口笛と歓声が上がる。

「きゅー！」

と子海竜も、口笛みたいに啼いた。

「じゃあ、俺と結婚してくれるのか」

「だから、なんで付き合う前に結婚なんだよ！」

ベイルから、再びツッコミが入った。

ぼくは思わずちょっと吹き出して、それから、アーロンの手を、ぎゅっと握りかえした。

「結婚したい。アーロンと、結婚したいよ」

次の瞬間、思いきり抱きしめられていた。

「わ、ちょ、ちょっと待って、アーロン……っ」

足が宙に浮いて、完全にアーロンに抱き上げられている形になる。

アーロンはぼくを抱き上げたまま、頬をすり寄せてきた。

「誓いのキス。誓いのキスをしろよ！」

ドワーフたちに囃し立てられ、アーロンは、「黙れ！」と一蹴する。

ぼくをゆっくりと地面に降ろし、そっと頬に触れる。

「カナタ、愛してる。ずっと、一緒にいよう。誓いのキスを、してもいいか？」

菫色の瞳でまっすぐ見つめられ、ぼくは、ちいさく頷く。

次の瞬間、ふわりと、優しいキスが降ってきた。

唇が触れるだけの、微かなキス。

ドワーフの歓声と、海竜の啼き声が、ぼくらのキスを祝福してくれる。

口笛と喝采に包まれながら、ぼくらは、何度も、何度もキスをくり返した。

第九章　アーロンの凱旋

海竜に別れを告げ、帆船に乗り込む。

船が沖合に出て航行が安定すると、アーロンはぼくに、「見せたいものがある」と言った。

アーロンは、ベイルたちに「しばらく甲板を離れる。なにかあったら、すぐに声をかけてくれ」と告げ、ぼくを船室に連れて行く。

狭い船室には、二段ベッドがずらりと並んでいる。

そのうちのひとつの下段に腰掛けると、アーロンはおもむろに上着を脱いだ。

「え、えっ、ちょっと待って。いきなり……⁉」

えっちなことをされるのではないかと思い、身構えたぼくに、アーロンは「なにを勘違いしている」と片眉を吊り上げる。

「え、や、えっと……」

露わになった、アーロンの上半身。傷だらけのその背中には、大きな入れ墨が入っている。

湯浴みに行ったときは、ちらっとしか見なかったし、暗かったからよくわからなかったけれど、改めて見ると、その紋様には見覚えがあった。

「この紋様は――」

確か、王宮にとらわれていたとき、目にした模様だ。

「スタイン家に代々伝わる、王家の紋章だ。王子が十歳になったとき、身体に彫られる紋様で、成長に合わせて入れ墨も一緒に成長する」

「絵柄が変わるってこと?」

「ああ。元々は、親指くらいの大きさだったんだ。『王太子の芽』と言われるちいさな入れ墨でな。徳を積むたびに、芽は少しずつ成長していく。そして、絵柄も少しずつ変わっていくんだ」

日々徳を積み続け、背中いっぱいに成長したとき、王位を継承することができる。

スタイン家には、そんな伝統があるのだそうだ。

「元々は醜い王位争いを防ぐためのものだったらしい。王家では血を絶やさぬよう、複数の男児をもうけるよう努めるが、そうすると、王位を巡って争いが起こりやすくなる。『長兄を玉座に』と決まりがあっても、納得できない者も出てくる。だからこうして、『王太子の芽』をすべての男児の背中に彫り、どれだけ徳を積んだかを競わせるんだ」

「競わせてどうするの？」

「兄弟のなかでいちばん早く紋様が完成した者が、王位を継ぐことになるんだ。互いにいがみ合い、力で奪い合うのではなく、周囲の人間をどれだけ幸福にできたかで、王を決める仕組みだ」

「その入れ墨があるってことは、アーロンは……」

「先代国王の、六男なんだ。父と母、五人の兄者は、現国王の率いる革命軍に殺された」

十四年前、この国で起こったクーデター。アーロンはそのクーデターで、家族全員を失ってしまったのだという。

「他の五人の兄弟とは、年が離れていてな。成人している兄者たちと違って、俺は当時、まだ十歳のガキだったんだ。幼かった俺を不憫(ふびん)に思ったんだろうな。『せめてあなただけは生き延びてください』って、当時の近衛隊長が、身を挺(てい)して王宮の外に逃してくれたんだよ」

隠し通路を使って王宮の外に逃れたものの、どこにも行く当てがない。

ボロ布を被って庶民に変装し、路地裏に逃げこんだアーロンに、王都で最初に親切にしてくれたのが、王都に買い出しに来ていたベイルだったのだそうだ。

「今ではこんなガタイだが、俺は成長が遅くてな。当時はベイルと同じくらいの身長だったんだよ」

小柄で痩せっぽち。他の兄弟とは十歳以上年が離れており、アーロンは六人兄弟のうち、いちばん玉座から遠い存在であると思われていたらしい。

クーデターの後、しばらくは捜索が続いていたが、次第に彼の存在は、皆の記憶から薄れていった。

『たとえ生き残っていたとしても、あんなひ弱なガキには、なにもできないだろう』

現国王陛下をはじめ、新政権を樹立した者たちは、そう考えていたらしい。

「正直言って、俺は父や周囲の大人たちから、まったく期待されていなかったんだ。おまけみたいな存在だったんだよ。だけどそんな俺に、ベイルは剣の使い方や身の守り方、この世界で生きていく術を教えてくれたんだ」

今のアーロンを知っているぼくからしたら、にわかには信じ難い話だ。

ずば抜けて背が高くて、逞しい筋肉に覆われているし、酒場でも誰もが恐れるほど、アーロンは剣の達人だ。

「『身体が小さくたって、正しい鍛え方をすりゃ、誰よりも強くなれるんだぜ』。ベイルは口癖のように、そう言っていたよ」

自分とほぼ背丈の変わらないベイルを相手に、アーロンはひたすら剣の腕を磨いた。数ヶ月もすると、アーロンはベイルより背丈が大きくなっていた。

一年が経つ頃には、見下ろすほど差が開いていた。

そして、十四年の月日が経ち、今のアーロンができあがった。

「ベイルはアーロンにとって、育ての親みたいな存在だったんだね」

「ああ、そうだ。だからこそ、今回の旅も危険を承知で、ついてきてくれたんだと思う。ベイルには血の繋がった子がいないし、俺のことを本当の息子みたいに思ってくれているからな」

アーロンの目が、慈しむように細められる。

軽口を叩き合ってばかりいるけれど、おそらく彼らの絆は、とても固いのだろう。

「もしかして、アーロンの願いは――」

玉座奪還。海竜を見つけたとき、アーロンが言っていた言葉だ。

「ああ、そうだ。やるぞ。海竜の涙には頼らない。自分自身の手で、俺はこの国の玉座を奪還するつもりだ」

「ちょっと待って。それって、アーロンも現国王がしたのと、同じことをするってこと？暴力で、玉座を奪い返すの？」

思わず訊ねたぼくに、アーロンは、にっと微笑んでみせる。

「いや、俺は力尽くで奪い取ったりしない。スタイン家の家訓に背くようなことは、したくないんだ。レザニア王国の玉座を決めるのは、腕力や剣の腕前じゃない。『どれだけ徳を積んだか。民を救うことができたか』だ。玉座に着いた後も、『生涯、民のために尽くし続けることこそが王の務めだ』と、俺は教わってきた」

『困っている者を助ける。それが、俺の仕事だ』と、いつの日かアーロンは言っていた。

自分にとって、それこそがなすべきことなのだ、と。

王家の血を引くアーロンにとって、そのことこそが、なによりも大切な生き様なのかもしれない。

「誰がこの国の王に相応しいのか、決めるのは民だ。この国に住まう民が、決めるべきことなんだよ」

力強い声で、アーロンは言った。

「来月、戴冠式（たいかんしき）がある。病床の王に代わって、カナタを攫ったあの男、ライゼル王子が新しい王になるんだ。各国の王族や国内の貴族、民を招いて盛大に行われるその戴冠式に、乗り込もうと思っている。その式典で、民に問いたいと思う。本当に王に相応しいのは誰なのか、民に選んでもらいたい」

国内外から来賓を招いて盛大に行われる戴冠式。

警備もかなり厳重なのではないだろうか。

「無血で乗り込む方法、考えてあるの？」

「いや、ない」

アーロンはなんでもないことのように、さらっと答えた。

「さっき、思いついたばかりなんだ。海竜の涙を使うつもりだったからな。細かいことは、これから考える」

「戴冠式まで、あと一ヶ月しかないのに？」

「まあ、なんとかなるだろう」

酒場で聞く限りでは、アーロンの剣の腕前は、とてつもなくすごいらしい。だけど、『無血で革命』を起こすつもりなら、剣の腕前がどんなに強くたって、それは役には立たない。

「アーロン、ぼく、いいこと思いついたよ。ちょっと待ってて。ベイルに、海竜のところに戻ってくれるよう頼むから」

「なぜ、海竜のところへ？」

怪訝な顔をするアーロンに、ぼくは笑顔を向ける。

「いいから待ってて。ちなみに戴冠式の会場は、屋外？　屋内？」

「屋外だよ。宮廷前の広場で行われるんだ。お前とあの男の結婚式をした場所だ」

「それは都合がいい。じゃあ、ちょっと行ってくるね！」

アーロンに告げ、ぼくは甲板にいるベイルの元へと走った。

第十章　無血の革命

戴冠式当日の朝は、神さまがこの日を祝福してくれているみたいに、雲ひとつない美しい青空だった。

ぼくは、特定の神さまに対する信仰心(しんこうしん)を持っていないけれど。

この世界の神さまが祝福してくれているのが、ライゼル王子の戴冠ではなく、アーロンの未来だといいな、と、澄んだ青空を見上げながら思う。

「きゅー、きゅきゅ！」

『おそらをとぶの、たのしい！』と、無邪気な声で子海竜が啼く。

「きみには、大人しくお留守番していて欲しかったんだけどな」

子海竜の背に乗ったぼくは、思わず苦笑した。

戴冠式当日、会場周辺には、幾重にも厳重な警備が敷かれる。それらを突破して会場内に侵入するには、どうしても武力の行使が必要になる。

『無血の革命』を決行するため、ぼくらは海竜の力を借り、上空から直接会場内に突入することにしたのだ。

海竜の両親だけに頼むつもりだったけれど、子海竜が、どうしてもついてきたいと主張した。

だから、海竜のお父さんの背にはアーロンとベイル、ケイジ、お母さんの背には四人のドワーフ、そして子海竜の背中にはぼくが乗っている。

海竜の背から見下ろす王都の景色はとても美しいけれど、飛行機にさえ乗ったことのないぼくにとって、不慣れな飛行は恐ろしすぎて、まともに景色を見ている余裕はない。

「よし、会場が見えてきたぞ。ここまで運んでくれてありがとう。作戦どおり、海竜は矢の当たらない上空で待機していてくれ」

海竜の身体は硬い鱗に覆われていて、海竜の涙が生えていた首の周辺以外、剣や矢を通すことがない。念のため、弱点である首元を鎧で覆い隠しているけれど、アーロンは彼らには安全な場所にいて欲しいと考えているようだ。

『あなたたちは、私やこの子の命の恩人だから、喜んで協力したい。危険は厭(いと)わない』と、海竜の両親は言ってくれたけれど、せっかく蘇った命。再び人間の手で傷つけるようなことは、絶対にしたくない。

「きゅ、きゅきゅー！」

『どうか、ご武運を！』

海竜の父親が、アーロンに告げる。

「きゅううー！」

『がんばって！』と子海竜も告げた。

突然上空に現れた海竜の姿に、戴冠式の会場に集う人々が騒然となった。

弓矢を構え、一斉に射ようとした兵士たちを、ライゼル殿下が制する。

「待て！　あの海竜の背には、カナタが乗っておる。カナタを傷つけるようなことがあっては、絶対に許さぬぞっ」

ライゼル殿下は今も、ぼくに執着しているようだ。

「アーロン、ぼくが一緒なら、彼らはアーロンにも手出しできないかもしれない。ぼくも降りるよ！」

予定では、子海竜とぼくは、親海竜たちよりも高い場所で、待機することになっていた。

だけどライゼル殿下の様子から察するに、ぼくが一緒のほうが、アーロンに危害を加えられずに済むように思える。

「馬鹿を言うな、やめろ！」

アーロンの制止を振り切り、ぼくは子海竜に叫ぶ。

「おねがい、アーロンの元まで連れて行って」

『きゅううー！』

子海竜はちいさく啼いて、ぼくをアーロンの上空まで連れて行ってくれた。

ものすごく怖いけど、アーロンを護るためだ。

この世界に来てからずっとぼくを護り続けてくれていた彼を、今こそ、ぼくが護ってあげたい。

意を決し、アーロンめがけて飛び降りる。

「まったく。お前という奴は……！」

呆れながらも、アーロンは、しっかりとぼくを受け止めてくれた。

革製のグローブをつけていてよかった。親海竜の背につけた鞍には、頑丈なロープがくくりつけられている。これを使って、地面に滑り降りるのだ。

「行けるか、カナタ」

アーロンに問われ、ぼくは頷く。

「行く！」

迷っている場合じゃない。ライゼル殿下が止めてくれているとはいえ、いつ心変わりして、兵士たちが海竜に矢を放つかわからない。

「カナタ、お前、この短い間に、随分逞しくなったな」

アーロンは感慨深げに目を細める。

「じゃあ、俺から降りる。次にカナタ、それからベイルとケイジだ。いいな？」

「おう！」

ベイルとケイジが気合いの入った声で答える。

母海竜に乗ったドワーフたちも、同じように下降の準備をしている。

地面までは、まだ五メートル以上あるように思える。

きゅうっと心臓が縮み上がるような恐怖に苛まれながら、ぼくはギュッとロープを握りしめた。先に降りたアーロンに矢を向けられることがないよう、ぼくは可能な限り大きな声で叫ぶ。

「ライゼル殿下、もしアーロンやドワーフの皆、海竜を傷つけたら、ぼくは今すぐ舌を噛んで死にます。自害されたくなかったら、絶対にぼくの大切な仲間に手を出さないでください っ」

こんな図々しい脅迫、効果があるかどうかわからない。

不安だけれど、少しでも抑止力（よくしりょく）になればいいと、祈らずにはいられない。

勢いよくロープを滑り降りたアーロンが、ぼくに向かって両手を広げる。

「カナタ、降りてこい。ちゃんと俺が受け止めてやる！」

力強い声で言われ、ぼくは意を決してロープを滑り降りた。

がっしりとしたアーロンの腕に、しっかりと抱き留められる。

「貴様っ、私の戴冠を祝う華々しい日に、いったいなにをしにきた。私の花嫁を返しに来たのか」

ライゼル殿下が、忌々しげな声で呻く。

「返す？　あり得ぬな。カナタは俺の伴侶だ。貴様に渡す気はない」

ライゼル殿下を取り囲む兵士たちが、一斉にアーロンに剣を構える。

「ライゼル殿下、脅しじゃありません。アーロンに危害を加えたら、ぼくは本当に自害しますよ」

ぼくはアーロンの腰から素早く短剣を抜き取り、自分の首元につきつけた。

「お前たち、剣を収めよ！」

ライゼル殿下が兵士たちを下がらせる。

兵士たちが渋々剣を収めるのを見届けた後、アーロンはぼくの手から短刀を奪い返し、

「まったく。逞しくなりすぎるのも考え物だ」と苦言を呈した。

そして、ぼくを地面に下ろし、素早く上着を脱ぐ。

アーロンの逞しい背中が露わになると、会場内から、どよめきが起こった。

「あの紋様は……！」

「スタインの王家の証し。まさか、あの御仁は——」

『王太子の芽』の存在は、この国の者たちに広く知られているようだ。驚嘆の声は、さざ波のように伝播し、あっという間に会場中を埋め尽くした。

「まさか、先代国王の末息子、レオンハート殿下が生きておられた!?」

「いやいや、レオンハート殿下は小柄で痩せっぽち。あんなにも大きく立派になるとは、とても思えぬぞ」

「革命が起こったとき、スタイン家の六男、レオンハート殿下は十歳だっただろう？　ということは、今は二十四歳。あの御仁は二十代半ばくらいに見える。年齢的には計算が合うぞ」

憶測が飛び交い、なかには涙を流して拝み始める者まで出てきた。

「レオンハート殿下！　ご立派になられて……」

「レオンハート殿下のご帰還だ！　スタイン家に代々伝わる『王太子の芽』を、あんなにも立派に育てられた。レオンハート殿下こそが、この国の正当なる後継者だ！」

口々に、皆が叫び始める。

「アーロン、レオンハート・スタインっていう名前なんだね……」

生き延びるために偽名を使っていたのだと思う。だけど、アーロンという名前に馴染みすぎて、なんだかちょっと変な感じだ。

「別に、これからもアーロンでいい。十四年もこの名前で生きてきたんだ。こちらのほうが、俺もしっくり来る」

スタイン家の末息子、レオンハート王子として生きた十年と、アーロンとして生きた十四年。

彼にとって、後者のほうが人生の半分以上を占めている。

彼の身体に刻まれた無数の傷跡と、人々を助けることで育ち続けた背中の紋様が、彼のこれまでの人生を物語っているように見えた。

「おお、紋様が輝き始めたぞ！」

誰かの叫び声がして、皆の視線がアーロンの背中に集中する。

「本当だ、光ってる――」

アーロンの背中の紋様が、青白い光を放っている。

その光が強くまばゆくなり、ライゼル殿下が叫び声を上げた。

「な、なんだっ、貴様、いったいなにをした……！」

ライゼル殿下に冠された王冠が、ふわりと宙に舞い上がる。

ふわふわと浮かんだそれは、まっすぐアーロンのもとに飛んできた。そして、ゆっくりと下降し、アーロンの頭にすっぽりと塡まる。

「レオンハート殿下！　いや、レオンハート陛下！　新たな王の誕生だ！」

「レオンハート陛下！　万歳！」

「レオンハート陛下、万歳！」

場内のそこかしこから喝采が上がり、声の輪がどんどん大きくなってゆく。

叫びながら、男たちは、どすん、どすん、と足を踏みならす。

その声が、足踏みが、地響きのように大地を震わせた。

「く、クソっ……。兵士ども、あの男を殺せ！　今すぐ殺すのだっ」

ライゼル殿下が兵士たちにそう命じる。

けれども、兵士たちは誰ひとりとして、アーロンに剣や矢を向けることはなかった。

「差し出がましいようですが……。『王太子の芽』を立派に育てられたレオンハート陛下こそ、この国の国王に相応しい人物です。我らは『王の盾』であり、この国のすべての民の『盾』でもあります。民を守り抜くお心を持った方こそ、我らの君主です」

近衛兵隊長と思しき、白髪の兵士がライゼル殿下に告げる。

悔しそうに歯噛みするライゼル殿下に、ぼくはぎこちなく笑顔を向けた。

「もし、ご自身のほうが王に相応しいと感じるのなら、上着を脱がれてはいかがですか。ライゼル殿下にも、『王太子の芽』は入っているのですよね？　この国の王としての素質は、その芽が教えてくれると思います」

「そ、その男の入れ墨が、偽物(にせもの)かもしれないじゃないかっ。王家の紋章に似せた偽の入れ墨を、入れているだけかもしれないっ」

往生際悪く叫ぶライゼル殿下に、アーロンが皮肉っぽい笑みを浮かべて告げる。

「そうだな。偽物かもしれない。本物かどうか示すには、あんたの背中に入ってる本物を見せるのがいちばんじゃないか」

アーロンの隣で、ベイルが「ふん」と鼻を鳴らす。

「そのとおりだぜ。この入れ墨を『偽物だ！』と主張するのなら、本物の入れ墨とやらを、見せてもらわないとな」

「そ、そんなもの、見せられるわけがないじゃないかっ。民の前で裸になるなぞ、破廉恥(はれんち)極(きわ)まりないわ！」

情けなく叫んだライゼル殿下に、ドワーフたちが一斉に群がる。

豪奢(ごうしゃ)な上着をはぎ取ると、ライゼル殿下の背中には、親指大の、ちいさな入れ墨が入っていた。

「王太子の芽がまったく育っていない、ということは、この入れ墨を入れてから、今まで一度も『徳』を積んでいない、ということだな」

ベイルが大きな声で叫ぶと、「は、反則だ！」とライゼル殿下が不服げな声を漏らした。

「俺がこの入れ墨を入れられたとき、十二歳だったんだ。十歳のときには、まだこいつの父親が玉座についていたからな。十歳のときに入れていれば、俺の入れ墨だってきっと――」

「お言葉ですが、近くでずっと見守らせていただいてきましたが、ライゼル殿下が徳を積んでいたようには、とても思えませせぬ」

白髪の近衛兵隊長が、渋い顔で呟く。

「この国の主役は、あくまでも民だ。入れ墨だけを根拠に王を選ぶのが不服なら、民に直接選んでもらえばいい」

うなだれたライゼル殿下に、アーロンが提案した。

「この国の王に、ライゼル殿下が相応しいと思う者！　挙手を！」

ベイルが叫ぶと、しーんと場内が静まりかえった。

うなだれたライゼル殿下の頭が、さらに低く垂れる。

「この国の王に、レオンハート殿下が相応しいと思う者！　挙手を！」

どっと割れんばかりの歓声が弾け、そこかしこで競い合うように手が挙がる。おそらく、会場内にいるライゼル殿下以外の全員が、挙手しているようだった。

厳めしい顔をした白髪の近衛兵隊長や、先刻までアーロンに切っ先を向けていた兵士までも、揃って手を挙げている。

宮廷のバルコニーにちょこんと停まった子海竜までも、「きゅううー！」と歓声を上げた。

「決まりだな」

うなだれたライゼル殿下に歩み寄ると、ベイルは彼の側に置かれた王のためのマントを拾い上げる。

上半身裸のアーロンの背に、そのマントがかけられた。

「レオンハート陛下、万歳！」

「レオンハート陛下、万歳！」

喝采が響き渡るなか、アーロンは片手を挙げて、皆を制する。

「静粛に！　皆に伝えたいことがある。静かに聞いてくれないか」

朗々と響いたアーロンの声に、徐々に喝采の波が静まってゆく。

しんと静まりかえるのを待った後、アーロンは再び口を開いた。

「今回、私がこの場に来るために、多くの者が協力してくれた。まずは、ここまで私を運んでくれた海竜たち。彼らは魔獣だが、むやみに人を襲う悪い魔獣ではない。彼らだけではない、世の中には対話で解決できる諍いもあると思う。ここにいるカナタは、魔獣の言葉を理解することができる。今後、魔獣や獣の被害に苦しむ者は、王である私に教えてくれ。私たちが、可能な限りよい形で、解決を図りたいと思う」

魔獣や獣は、問答無用で狩る必要のある、悪しき者である。

それが、この国の常識だった。

アーロンは、それを変えようとしているのだと思う。

もちろん、対話のできない魔獣や獣もいるだろうけれど。それでも獣たちの言い分に、耳を傾ける必要があると、考えているのだ。

「それからベイルたち、ドワーフ。あの革命のとき、命からがらこの王宮から逃げ延びた私を拾い、これまで育ててくれたのが、彼らドワーフの一族だ。この国でドワーフたち希少種は、差別を受け、不当に搾取されている。それらの理不尽な差別を、私はなくしていきたいと思う。彼らの助けがなければ、私は今ごろ、野垂れ死んでいたのだ」

アーロンは最後に、ぼくの手を取り、皆の前でぎゅっと手を握って掲げて見せた。

「最後に、我が伴侶、カナタだ。魔獣の言葉を理解し、私に『力ではなく、対話で解決すること』の大切さを思い出させてくれた。彼がいなければ、私はこの無血の革命を、成功させることはできなかっただろう」

そこかしこから、歓声が上がる。

皆から注目され、ぼくはたまらなく気恥ずかしい気持ちになった。

「私は今、この場で、彼との結婚を宣言したい」

「えっ……!?」

思わずアーロンの手を離しそうになったぼくの手を、アーロンが『逃がさない』というように、ギュッと握りしめる。

「盛大な式典を開く金があったら、できれば、この国を立て直すために使いたい。カナタ、今、この場を以て、『結婚式』に代えさせてくれないだろうか」

同意を求められ、ぼくは、おずおずと頷く。

王家が開く結婚式というのは、国民があくせく働いて支払った税金で行われるものだ。

確かに、省略できるなら、したほうが断然いいと思う。

「アーロンらしくていいかも。別に、ぼくは宝飾品とか興味ないし。でっかい宝石のついた指輪とか、貰っても困るしね」

女性なら、『一生に一度のことだから、ウエディングドレスを着て盛大に祝ってもらいたい』と思うのかもしれないけれど。ぼくにはそんな願望はないし、むしろ、アーロンがそんなことに盛大にお金を使うような王でなくて、本当によかったと思う。ただでさえライゼル殿下が、貴重な税金で、ぼくとライゼル殿下の無駄に豪華な結婚式を開いたばかりだ。

あの結婚式のせいで、どれだけの民が、重い税金に苦しんだのかわからない。

「カナタ、じゃあ、今から誓いのキスをするぞ」

「えっ。ちょっと待って、今、ここで!?」

慌てふためくぼくの腰に、アーロンが素早く手を回す。

「当然だ。これは、私の戴冠式兼、私とカナタの結婚式なのだからな」

がっちりと抱き込まれ、頬に手を添えられる。ぼくはアーロンにやんわりと上向かされた。

「や、やめろっ。俺のカナタにキスするなんて、許さんぞ……っ」

立ち上がって叫ぶライゼル殿下を、近衛兵隊長がやんわりと窘(たしな)める。

「お諦めください。あの二人は、強い愛情で固く結ばれております」

「し、しかしっ……」

ライゼル殿下だって、決して小柄なほうじゃない。それなのに近衛兵隊長は、まるで赤子を制するように容易く、長身の王子を押さえつける。

「さあ、どうぞ」

近衛兵隊長に促され、アーロンが姿勢を正してぼくに向き直る。

「カナタ、この世界に留まれば、困難なことも多いと思う。可能な限り幸せにすると誓う。だから、この先の人生、私の側にいて、一緒に生きてくれないか」

真摯な瞳で発された言葉。ぼくは吸い寄せられるように、深く頷いた。

「ぼくも、アーロンを幸せにできるように頑張る。だから、隣にいさせて欲しい」

ベイルたちドワーフが、ヒュウ、と短く口笛を吹く。

どこからか、祝福の拍手が鳴り響いた。その拍手は、さざ波のように、場内を伝播してゆく。さらに、誰かが歌い始めた歌声が、それに重なった。

「この歌は……？」

「我が国の国家だ。久々に聴く。まさか、こんなふうに愛する者と、この場所で、この歌を再び聴く日が来るとはな」

感慨深げに、アーロンが瞳を潤ませる。

「おい、いつになったら誓いのキスをする気だ？」

ベイルに冷やかされ、アーロンは「うるさい。いいときに邪魔をするな」と反論した。

「カナタ、改めて誓わせてくれ。永遠にカナタを愛すると、神と、民、そしてカナタに誓う。だから——私の伴侶になってくれ」

こくん、と頷くと、耳の裏側を支えるようにして、優しく上向かされた。

反射的に目を閉じると、アーロンの唇が、ぼくの唇に触れる。

男らしく見えたそれは、触れるととてもやわらかくて、蕩けそうなくらいになめらかな感触がした。

盛大な拍手と、国家を歌う声と、喝采。

国民皆に祝福されながら、ぼくらは、長い、長いキスを交わし合った。

第十一章　初めての夜

その日から、ぼくとアーロンは宮廷で暮らすことになった。

『無血の革命』と宣言したとおり、アーロンはライゼルや、病床の前国王を処刑したりはしなかった。

後日、公開裁判にかけ、その処遇を決めるのだと言う。

それまでの間、彼らは牢に留置（りゅうち）されることになる。

「アーロンが国王になったことに異を唱える者はいなさそうだが、用心するにこしたことはないからな」

ベイルたちドワーフは、しばらく城に留まり、ぼくやアーロンの護衛をしてくれるのだそうだ。

アーロンの私室へと繋がる廊下に仮設の詰め所を作って、ベイルたちはそこで寝泊まりすることになった。

「そんなところで、狭くないですか?」

心配になって訊ねたぼくに、ベイルは「俺らドワーフは、狭い場所のほうが落ち着くんだよ」と答えた。宮廷内は、どこも広々していて落ち着かないらしい。

その気持ちは、ぼくにもちょっとわかる。

今いるこの廊下も、驚くほど天井が高くて広々しており、なにもかもが高級そうで、そわそわしてしまう。

「じゃあ、ゆっくり休んでくださいね。おやすみなさい」

皆に頭を下げ、ぼくはアーロンと共に、彼の私室に向かう。

彼が十歳まで暮らしていたというその部屋は、日中に見たときには物置のようだったのに。今はきれいに片づけられ、ピカピカに磨きこまれている。

「すごい。たった半日でこんなにキレイにしてくれたなんて……」

「どこでも寝られるし、無理をする必要はない、と言ったのだけれどな」

アーロンは少し申し訳なさそうな顔で、頭を掻いた。

宮廷内には、アーロンが宮廷で暮らしていた頃から勤め続けている人もたくさん残っている。彼ら、彼女らにとって、長年行方のわからなかったアーロンの帰還は、とてつもなく嬉しいことのようだ。

　年配のメイドたちは、涙を流してアーロンの無事を喜び、せっせと掃除や片づけをしてくれていた。

「アーロン、子どもの頃から、こんなに大きなベッドで眠っていたの？」

　いったい何畳くらいあるのだろう。アルコールランプの淡い光に照らされた、とてつもなく広い部屋の中央に、どーんと巨大な天蓋つきのベッドが置かれている。

「いや、このベッドには見覚えがない。俺たちのために新調してくれたのだろう」

　アーロンは巨大なベッドを見やり、なぜか微かに頬を赤らめた。

「ったく。余計なことをして……」

　真っ白なベッドシーツの上に、真っ赤な花びらで、王家の紋章と、ぼくの名前、アーロンの本当の名前、レオンハートという名が描かれている。

　ベッドサイドには赤いキャンドルと、フルート型のグラスが二つ。お酒が入っていると思しき、きれいな赤い瓶が置かれている。

「それ、絶対に飲むなよ」

　吸い寄せられるように瓶に近づいたぼくは、アーロンに制された。

「どうして？」

「中身は媚薬だ。ただの酒じゃない」

アーロンの眉間に、皺が寄る。

「媚薬?」

「ああ、そんなものを飲んだら、それこそ朝までひたすら盛り続けることになる」

アーロンはベッドサイドの酒瓶を隠すように、ぼくとベッドの間にさりげなく割って入った。

「これってもしかして……今夜、ぼくらは皆から『そういうことをする』って思われてるってこと?」

思わず訊ねたぼくに、アーロンは優しく目を細めた。

「結婚を宣言したからといって、無理に今夜する必要はない。色々と、心の準備も必要だろう?」

心の準備。確かに急なことだったし、色々と不安ではあるけれど――。

「別に、ぼくは平気。っていうかアーロンこそ、ぼくのことずっと子ども扱いしていたよね? 誘惑香も全然効かなかったし。ぼくと、そういうことできるの?」

ぼくの問いに、アーロンの頬が、かぁっと赤く染まる。

「効いてないわけないだろう。必死で我慢し続けていただけだ」

ぼくから目をそらし、アーロンはそっけない声で言った。

「嘘」

「嘘なわけあるか。いったいどれだけ苦労したと――。あぁ、でも違うな。俺のこれは、お前の匂いだけが原因じゃない。もちろん匂いも危険だが、それ以上にお前の『存在自体』が危険極まりないんだ。お前の発する言葉、しぐさ、行動、なにもかもが目や耳に毒すぎて、どうにかなりそうだ」

アーロンはぼくから目をそらしたまま、困り果てたように肩を落とす。

「嘘、だ」

「嘘じゃない」

反論したアーロンの顔を覗き込むように、ぼくはアーロンの側に回り込む。

「嘘じゃないなら、なんで目を合わせてくれないの」

じっと見上げると、アーロンの菫色の瞳が、微かに揺れた。

「い、言っただろう。目に毒だ、って」

「なにが」

「いいから、不用意に俺の視界に入るのはやめてくれ」

アーロンはそう言って、ぼくから顔を背けようとする。

「嫌だ！」

「嫌、じゃない。やめろ。本当に、危険だから」

素早くアーロンの正面に回り込み、ぼくはじっとアーロンを見上げる。

アーロンは降参したように、天井を仰いだ。

「カナタ。頼むから、俺の理性を弄ぶのはやめてくれ」

「弄んでなんかないよ」

「弄んでるだろ。っていうか、ダメだ。今日のお前は、いつにも増して愛しすぎる。本当に、これ以上刺激するのはやめてくれ」

凜々しいアーロンの眉尻が、困り果てたように下がる。

ぼくはめいっぱい背伸びして、アーロンの首の後ろに両手を回した。

「ぼくたち、結婚したんだよね？　だったら、抱き合うの、自然なことじゃない？」

「っ――」

アーロンが、息を飲むのがわかる。

アーロンの首に回した手に、ぎゅ、と力を込める。

めいっぱい背伸びして顔を近づけようとして、やんわりと顎を掴んで制止された。

「それ以上近づいたら、本当に理性が飛ぶぞ。いいんだな？」

アーロンの瞳に、力が籠もる。先刻までの、狼狽えたような表情から一転、まっすぐ見据えられ、どくん、と心臓が高鳴るのがわかった。

「いいよ。アーロンと、ひとつになりたい」

言い終わる前に、思いきり抱き上げられた。

「わっ……！」

あっという間にベッドに連れて行かれ、押し倒される。

「あ、アーロン……!?」

「キス、したい。してもいいか？」

先刻だって、皆の前でしたのに。アーロンはわざわざ、ぼくに許可を求めてくれた。

ベッドの上で押し倒された状態で、今さら『いいか』も何もないと思うけれど。

それでもまっすぐぼくを見つめ、問いかけてくれる。

アーロンのその実直さが、たまらなく愛しかった。

「いいに決まってる。すっごく、したい。アーロンとキス、したいよ」

だから、言葉に出さなくちゃいけないと思った。嫌がるような素振りをしたら、きっと
アーロンはやめてしまう。

ぼくのことを気遣って、『もっと時間をかけなくちゃ』って思うだろう。

「キス、してもいい？」

アーロンの頬に手を添え、ぼくはアーロンに囁く。

「だめ」

「どうしてっ?」

なぜ断られたのかわからず、困惑したぼくに、アーロンは「俺がリードしたいから」と言って、ぼくの鼻の頭を、かぷ、と甘噛みした。

「んっ……」

条件反射的に目を閉じた隙に、唇を奪われた。

アーロンの少し乾いた唇が、ぼくの唇を啄む。先刻、皆の前でしたときには、ちゃんと唇を閉じていたのに。啄まれるとアーロンの唇の内側の熱さを、直に感じてしまう。

「ん……ぅ」

やわらかくて、熱くて、濡れた感触。

すごく、不思議な感じだ。初めて感じる、蕩けそうな熱に、身体から力が抜けてゆく。

ベッドが、ぐにゃりとやわらかくなって、身体が飲み込まれるような錯覚に陥った。

「あ、ん……っ」

アーロンの唇が、ぼくの唇の内側に触れた。

ちゅ、と上唇だけを吸い上げられ、思わず身体が跳ね上がる。

「こら。そんないやらしい声、出したらダメだ」

甘い声で囁かれ、余計に腰の奥が疼く。

「アーロンこそ、声、えっちだよ。いつもの声と、違う」

深くて甘い声が、とろりと鼓膜にまとわりつく。熱っぽく湿った吐息にさえ感じてしまいそうで、ざわざわと肌が粟立った。

なんだかちょっと不思議な感じだ。出逢ったばかりの頃は、アーロンの放つセクシーな香りに脳が蕩けるみたいに麻痺していた。彼の香りだけが、ぼくをおかしくしているのだと思っていた。

だけど実際にこうして触れあっている今、特出しているように感じた彼の香りは、ぼくを惑わせるたくさんの要素のなかのひとつでしかなくて。

アーロンの声や、吐息の熱さや、まっすぐ見つめてくる強い瞳や、大きな手のひらの感触や、なにもかもが同じくらい強烈に、ぼくを惹きつけてやまない。

「カナタのほうが、いやらしい声してる。甘えてるみたいな、欲しがってるみたいな声だ」

耳元で囁かれ、ちゅ、と音をたてて耳朶をしゃぶられる。

「あっ……だ、め、そんな、とこ……汚な……んっ」

くちゅり、と水音が響いて、耳の形に沿って、ねっとりと舌を這わされた。

「ぁ、ぁ、だめ、それ、ダメだって……ぁっ」

びくんと身体を震わせたぼくの両手を、アーロンは、やんわりとシーツに押しつける。

「ダメっていう割に、すごく気持ちがよさそうだが？」

わざわざ声に出して確認され、かぁああっと頬が熱くなる。

「き、気持ちよすぎるから、ダメって言ってるんだよっ……」

涙目になって答えたぼくの頬に、アーロンは、ちゅ、と口づけた。

「そうか。カナタは、気持ちいいと『ダメ』って言う癖があるんだな」

「ち、ちが、そういうわけじゃっ……」

身体を逃そうとして、シーツに押しつけた手に、ぎゅ、と力を込められる。

あっさりと抵抗を封じ込まれ、今度は反対の耳、左耳に口づけられた。

「ぁ、ぁ、ぅんっ……」

ずるい、と思う。こんなの、ずるい。アーロンの舌はたまらなく熱くて、いやらしくて、耳を舐められるだけで、達してしまいそうになる。

いつのまにか昂ぶったモノの尖端が、下着に食い込んで痛い。

おまけにそこからは、情けなくなるくらいに、とろりとはしたない蜜が溢れている。

「窮屈そうだな。このままでは辛いだろう。服、脱がせていいか」

アーロンにも、下半身の異変に気づかれてしまった。

ズボンに手をかけられ、ぼくは羞恥にどうにかなりそうだった。

「ダメって言ったら、やめてくれるの？」

やけくそになって問いかけると、アーロンは真面目くさった顔で頷いた。

「もちろんだ。カナタが嫌がることはしない」

『ダメ』って言わないようにしなくちゃ。恥ずかしくてつい、言っちゃうけれど。こんな状態で本当にやめられたら、正直、辛すぎる。

「だめ、じゃない、よ……」

恥ずかしさに目をそらし、アーロンに告げる。

アーロンは、「じゃあ、脱がすぞ」と、わざわざ確認してから、ぼくの服を脱がしてくれた。

紳士的でかっこいいなぁって思う反面、この先の行為を、ぼく自身も望んでいるのだ、と明確にされたみたいで、照れくささに逃げ出したい気持ちになる。

自分から『アーロンとひとつになりたい』とせがんでおいて、いざ本当に結ばれるとなると、急に恥ずかしさに耐えられなくなる。

「アーロン……」

「なんだ」

「灯り、消そう」

蛍光灯やLEDランプが灯っているわけじゃない。オイルランプしかないから、そこまで明るいわけじゃない。それでも、ちゃんとお互いの顔は見えるし、身体もハッキリ見えてしまう。

「断る」

喰い気味に、思いきり即答された。

「なんで!?」

「カナタの顔を、ちゃんと見ていたいから」

まっすぐ目を見て告げられ、頬の火照りが止まらなくなる。

「見られるの、恥ずかしい」

「嫌か？」

じっと瞳を見つめたまま問われ、ぼくは一瞬、口ごもる。

ここで、「嫌だ」と言ったら、アーロンはぼくのしたいように、してくれるのだと思う。

だけど、この世界の夜は、本当に真っ暗だ。消してしまえば、それこそ、手探りで愛し合うことになる。せっかくアーロンに抱かれるのに。誰に抱かれているのかさえ、わからない状態になってしまうだろう。

「嫌じゃ、ない。でも、恥ずかしいから、あんまり見ないでくれると助かるよ」

やっとのことでそう告げたぼくの額に、アーロンは、ちゅ、と口づける。

「アーロン、もしかして、キス魔？」

「なんだ、それは」

「キスが大好きで、すぐにキスしたがる人のこと」

アーロンは少し考えるような表情をした後、真面目くさった顔で答えた。

「別に、俺はキスが好きなわけじゃない。カナタのことが好きなだけだ。好きすぎて、ついキスしたくなるし、触れたくなる」

今度は額ではなく、頬にキスされた。頬に、鼻の頭に、顎に、首筋に。無数のキスが降ってくる。

「ぁ、ん、くすぐった……い」

くすぐったさに身をよじると、「カナタは感じやすいんだな」と囁かれた。

「べ、別に、感じてるわけじゃ……っ」

くすぐったいだけ。そんなふうに反論しようとしたけれど、くすぐったいのと感じるのの境界線が、ぼくにはよくわからない。

じっとしていられなくて、そわそわして、身体の奥が甘く疼いて熱を帯びてゆく。

逃げ出して、どこかに隠れてしまいたい気持ちと、今すぐアーロンとひとつになりたい気持ち。揺れる心ごと、アーロンのキスが、ぼくを溶かしてゆく。

「アーロン……」

名前を呼ぶその声が、自分でも恥ずかしくなるくらいに、甘ったるくて、耳を塞ぎたい衝動に駆られた。

「なんだ？」

だけど、答えてくれるアーロンの声も、チョコレートみたいに甘く蕩けている。

「もう、だいじょうぶ、だよ……？」

ひたすらキスだけをくり返されて、身体には指一本触れようとしない。髪や頬を撫でて、口づけて、頬ずりして、だけど、首から下には触れないままだ。

「なにが？」

わかってるくせに、と言いたいのに、ハッキリと言葉に出して、せがむことができない。

だけどきっと、ちゃんとせがまないと、アーロンは先には進んでくれない。

ぼくの心がほぐれるのを、待ってくれているんだと思う。

「キス以外も、してほしい……」

掠れた声で告げると、ちゅ、と額に口づけられた。

言葉の意図が伝わっていないのかもしれない、って少し不安になったけれど、ちゃんと伝わっていたのだと思う。アーロンのキスは、額からこめかみへ、こめかみから首筋へ、と移動してゆく。そのまま滑り落ちるようにして、鎖骨に口づけられた。

「ぁっ……」

くぼみに沿って舌を這わされ、甘噛みされる。

ざらついた熱い舌でなぞられると、ぞわぞわと腰の奥から、感じたことのない快感が襲ってきた。

「はぁ、ぅっ……」

とろりと尖端から、蜜が溢れる。ズボンも下着も脱がされたそこは、覆い隠すものがなにもなく、恥ずかしいくらいにそそり立っているのも、アーロンにバレてしまっている。

「あ、アーロン……っ」

アーロンの手が、ぼくの腰に触れた。鎖骨を執拗に舐めあげられながら、そっと腰骨をなで上げられる。

「ぁ、ぁ……っ」

びくん、と大きく腰が跳ねて、さらに尖端から蜜が溢れる。

はしたなく溢れたそれは、ぼくの根元まで、とろりと濡らした。

今すぐ、触れて欲しい。思いきり扱いて、このもどかしさから救い出して欲しい。

だけど、アーロンの指は、決してぼくのそこには、触れようとしない。

舌が、鎖骨から移動してゆく。快感に苛まれ、ツンと勃ちあがった乳首を素通りして、アーロンはぼくの脇腹へと舌を這わせた。

そこじゃなくて、胸を……。そんなふうにせがめるはずがなくて、もどかしさはさらに加速してゆく。

触れて、欲しい。今すぐ、貫いて欲しい。

そんな衝動に苛まれながら、アーロンの執拗な愛撫に追い詰められてゆく。

「はぁっ……ぅ、ん……っ」

どうしよう。このままじゃ、指一本触れられていないのに、暴発してしまう。

自分で直接触れてするときとは違う。身体の内側から沸き起こる快感に、どうしていいのかわからなくなる。

「アーロン……」

ダメだ。声が完全に蕩けてる。甘ったるくて、とろとろで、今にも達してしまいそうなことが、声だけでバレちゃいそうなくらいに、熱を帯びている。

「なんだ」

答えるアーロンの声も、同じくらい熱っぽかった。あまりにも熱くて、鼓膜が蕩けてしまいそう。

「キス、したい。キス……して」

さっき、自分から『キス以外もして欲しい』とせがんだばかりなのに。

呆れられてしまうだろうか。不安になりながらも、止まらない。

アーロンの舌が欲しくて、ギュッと抱きしめて欲しくて、求める気持ちを堪えられそうになかった。

「カナタも『キス魔』だな」

囁かれ、照れくささに頬が熱くなる。

「違う、よ。ぼくも、アーロンが好きなだけ……んっ……」

最後まで言い終わる前に、唇を塞がれた。

先刻までの優しいキスと違う、それは、なにもかも掬（すく）い取られてしまうみたいな、激しいキスだった。

「ぁ、ん、ぅっ……」

舌を絡め取られ、きつく吸い上げられる。

その瞬間、感じたことのない激しい快感が、全身を突き抜けた。

「んぁあっ……！」

びゅるり、と白濁が迸る。一瞬、なにが起こったのかわからなかった。

指一本触れられていないそこから、どくどくと熱いものが溢れ続ける。

「ゃ、ぁっ……」

あまりにも突然の暴発で、どうすることもできなかった。

爆ぜた欲望は、アーロンの肌を汚してしまった。

「はぁっ……ぅ、ごめん……汚しちゃった……」

申し訳ない気持ちで一杯になる。拭い取ろうとして、手のひらをシーツに押し戻された。

「謝る必要はない。『汚れた』なんて、少しも思っていないからな」

アーロンはそう言うと、ぼくの下唇を、軽く甘噛みした。

「ぁっ……」

達したばかりの敏感な身体は、それだけで再び灯りが灯ってしまう。

むくりと分身が立ち上がるのを感じて、頬がかぁっと熱くなった。

「カナタが感じてくれて、嬉しいよ」

低くて甘い声で囁かれ、余計に頬の熱さが加速してゆく。

「ぼくだけ感じて、ごめん……」

　掠れた声で謝ると、「カナタだけじゃない」と囁かれた。

「俺も、キスだけで達しそうだ。カナタの肌が心地よくて。触れているだけで、暴発しそうになる」

　ぼくを怖がらせないように、してくれているのだと思う。アーロンはさりげなく腰を引いて、ぼくに触れないように気をつけてくれていたから気づけなかったけれど。

　アーロンの分身も、ぼくと同じように、彼の腹に触れそうなほどそそり立っていた。

「そこに、キス、しようか？」

　ぼくの問いに、アーロンは「必要ない」と喰い気味に答えた。

「どうして？」

「そんなことをされたら、一瞬で達してしまいそうだ」

　真面目くさった顔で言われ、ぼくはライゼル殿下の母親から聞いた言葉を思い出した。

『王家の血筋の者は、婚姻前に性交すると『精霊』の怒りを買い、命を失うことになる』

と。

「アーロン。もしかして、アーロンも、こういうことするの、初めて？」

「『も』っていうことは、カナタも初めてなのか？」

まっすぐ目を見て問われ、ぼくはちいさく頷いてみせる。

「初めて、だよ。キスもしたことがなかったんだ」

ぼくがそう答えると、アーロンはホッとしたように目を細めた。

「嫉妬なんてみっともない、と頭ではわかっていても、カナタが他の人間に抱かれているところを想像すると、どうにかなってしまいそうなんだ」

ぼくの頬を大きな手のひらで包み込み、アーロンは、再び額にキスを落とす。

「一緒。ぼくも、アーロンが誰か別の人としているところは、絶対に想像したくないよ」

こんなふうに優しく触れるのも、キスするのも、自分だけだったらいいって、心から思う。

今までも、これからも、ずっと自分とだけ、してほしい。

「アーロン」

じっとアーロンを見上げて、告げる。

「好き。ずっと、アーロンの側にいたい」

男同士だと、当然だけれど子どもを作ることができない。

一国の主になったアーロンは、いつかは子を作るよう、求められる日が来るのかもしれない。

この国の未来を思えば、身を引くべきだって、思わなくちゃいけないのかもしれないけれど。そんなこと、できそうになかった。

「ああ、永遠に、カナタを愛し続けると誓う。誰に咎められようとも、この想いは変わらない」

唇に、やわらかなアーロンの唇が触れる。

はしたないかなって、少し不安になったけれど、自然と唇が開いて、ぼくはアーロンの舌を求めてしまった。

「ん、ぅ……っ」

互いに舌を絡ませあいながら、きつく抱きしめ合う。

アーロンの熱が、ぼくの下腹に触れた。

そっと手で触れようとして、やんわりと手を避けられる。

「手のひらじゃなくて、カナタのなかで達したい」

思いっきり直球な言葉を囁かれ、ぼくは「いいよ」と答えた。

初めての不安よりも、アーロンとひとつになりたい気持ちのほうが勝ったのだ。

アーロンはキスしながら、ぼくの内股に触れた。

そっと足を開かされ、さらに奥まった場所に触れられる。

当然だけれど、そこは固く閉ざしていて、そのままでは指でさえ受け容れてはくれない。

アーロンはベッドサイドに手を伸ばし、手探りになにかを探した。

「それは?」

アーロンが手にしたのは、淡い水色の小さな瓶だった。

「潤滑剤だ。男同士で抱き合うときに、使うものらしい」

ちゅ、とぼくのこめかみにキスをして、アーロンはそれを、ぼくの内股に塗った。

「ぁ……」

ぬらり、と冷たい感触が、肌を濡らしてゆく。

アーロンの濡れた指が、より奥深い場所へと移動していった。

ぼくの不安を溶かすかのように、アーロンのキスが降ってくる。

優しいキスに溶かされながら、ぼくは、アーロンの愛撫に蕩かされてゆく。

アーロンの野性味溢れる逞しい外見からは想像もつかないほど、優しい愛撫だ。

大切なものを慈しむかのように、ゆっくり、じっくりと、こわばったぼくの身体を溶かしてくれる。

「アーロン……好き」

キスの狭間に告げた言葉。アーロンはにっこりと微笑み、「俺も、カナタのことが好きだよ。愛してる」と答えてくれた。

ゆっくりと、アーロンの尖端が、ぼくのなかに入ってくる。

内側から押し開かれる感覚に、ゾクゾクと全身が震えた。

「ひぁっ……ぅ、アーロンの、おっきい……」

思わず呟いたぼくに、アーロンはちいさく微笑む。

「これは、俺のモノじゃない。指だぞ?」

「えっ……」

嘘だ。アーロンがぼくのなかに入っているんだとばかり思ったのに。

「指……?」

「ああ、そうだ。ほら」

アーロンはぼくの手を掴み、そこに誘う。

アーロンのゴツゴツした男らしい手に、ぼくの指が触れた。

それから——ぼくの、窄まりに。

ぼくのなかを、いっぱいに埋め尽くしたもの。それは、確かにアーロンの分身ではなく、指だった。

「ふぁ……指、一本で、こんなに、いっぱいになっちゃうんだね……」

指先をほんの少し埋めただけ。それだけなのに、すごく大きなもので、押し広げられているような感覚に陥る。

「今日は、ここまでにしておこうか」

そんなふうに言われ、ぼくは慌てて首を振った。

「いや、だ。アーロンの、全部、欲しい」

指だけじゃなくて、ちゃんとアーロンと繋がりたい。

「こんなに狭い場所に、簡単に入るとは思えない。苦しい思いをするかもしれないぞ」

心配そうな声で、アーロンは囁く。

「へいき、だよ。一緒がいいんだ。自分だけじゃなくて、ちゃんとアーロンにも気持ちよくなって欲しい」

アーロンの目が、にわかに細められる。

「カナタは、俺に触れられて気持ちがいいのか」

「と、当然、だよ」

恥ずかしい。だけど、正直に言わなくちゃ。

アーロンが欲しい。ひとつになりたい。ちゃんと、言葉に出して言わなくちゃいけない。

「それなら、しっかり準備しなくちゃな」

アーロンはそう言うと、水色の小瓶の潤滑剤を、ぼくの窄まりに、とろりと直接垂らした。

「あっ……」

とろとろに濡らされたそこを、二本の指で弄られる。

唇を突き出してキスをねだると、アーロンはすぐに答えてくれた。

言葉でせがんでないのに。ちゃんと応えてくれる。

「触れていないのに。ここも、すっかり昂ぶっているな」

窄まりを弄るのとは別の指が、ぼくの胸の突起に触れる。

「ひぁっ……ん」

思わず甘えた声が出て、ぼくは慌てて唇を噛みしめた。

「ここも、感じるのか？」

瞳を伏せながら、こくっと頷くと、ちゅ、とちいさく唇にキスを落とした後、アーロンのキスが、ぼくの胸元に移動してゆく。

ちゅくり、とわざと音を立てるようにして胸の尖端を吸い上げられ、びくんとぼくの分身が跳ね上がった。

「ぁ、ぁ、んっ……」

とろりと、分身から蜜が溢れ出す。先刻達したばかりだというのに、今にも達してしまいそうだ。

「ほら、すごく大きくなってる」

ちゅぷ、と再び音を立てて、アーロンはぼくの乳首を吸い上げる。

「んっ……」

とろとろと溢れ出した蜜が、ぼくの分身を根元まで濡らした。

「ぁ、ぁ、それ、だめ……っ」

ぷっくりと膨らんだ尖端を舌先で転がすように舐められ、自然と腰が浮き上がってしまう。

「そんなに気持ちがいいか？」

アーロンはそう問いかけながら、ぬぷりとぼくの窄まりに、指を埋め込む。

「んぁあっ……！」

乳首を執拗(しつよう)に舌で弄ばれながら、たっぷり潤滑剤を塗り込まれた窄まりを、くちゅくちゅとかき混ぜられてゆく。

「ふぁ、ん、ぅん、き、もち、いい……でも……」

指じゃ、いやだ。アーロンのモノが欲しい。

言葉に出してねだれなくて、ぼくは腰を浮かせて、アーロンの下腹に、自分の下腹を近づけようとする。

「でも？」

わざわざ問いかけられ、ぼくは、頬が燃えるほど熱く火照るのを感じた。

ちゃんと口で言わないと、挿れて貰えないのかもしれない。

静かな室内に、くちゅくちゅと淫靡な水音が響き続ける。

ぼくの分身は今にもはちきれそうで、自分だけが続けざまに絶頂に追いやられていることが、恥ずかしくてたまらない。

「アーロンと、ひとつに、なりたい。ゆびじゃ、足りない。アーロンが、ほしい」

はしたなさすぎて、幻滅されてしまうかもしれない。そう思いながらも、止まらなかった。

自分から腰を浮かせてせがんだぼくに、アーロンは優しく口づけてくれた。

キスしながら、さらに一本指を増やす。

「あっ！　ん、あぁっ……！」

二本だって、すごくきついのに。三本目の指が入ると、押し広げられている感覚が、半端ない。

「指、じゃなくて、アーロンの……っ」

これ以上、我慢できない。

できれば、アーロンと一緒にイキたいのに。このままじゃ、また自分だけイッてしまう。

「ゆび、抜いてっ……」

今にも達してしまいそうで、必死になって訴える。

だけど、アーロンの指は、さらに深い場所まで入り込んできて、ぐるりとぼくのなかをなぞる。

「んぁあっ……！」

びゅるり、と、なぞられた瞬間、ぼくの劣情が爆ぜる。

どくどく、どくどく、先刻以上に、長く、鮮烈な射精だった。

身体のなかのものがすべて、溢れ出してしまうんじゃないかって不安なくらい、たくさん出てしまった。

「ゃ、ぁ……」

射精後の、極限まで高められた身体。めちゃくちゃにかき混ぜて欲しいのに。アーロンの指はあっさりとぼくのなかから抜け出していってしまう。

「いや、だ。やめ、ないで」

気づけば、縋るようにせがんでいた。アーロンの背中に抱きついて、はしたなく腰を浮かせてしまう。

「ああ、やめない。カナタ。もっと気持ちよくなってくれ」

アーロンはそう囁くと、ぼくの窄まりに、熱く滾ったモノをあてがった。

指よりもずっと大きくて、熱いモノ。

くちづけられながら、ゆっくりと押し当てられる。

「ぁ、ぁ、ぁ、ん――っ」

指とは比べものにならないくらい、強い圧迫感。内側から大きく押し広げられ、擦りあげられた熱さに、濡れた粘膜が焼け爛れてしまいそうに熱い。

「つらい、か？」

優しい声で問われ、ふるふると首を振る。

少し、苦しい。だけど、それ以上に、全身を駆けめぐる悦びに、頭が真っ白になってしまいそうだ。

「つらく、ない。すっごく、嬉しい」

はしたないって、思われてしまうだろうか。

だけど、嬉しくてたまらないんだ。

大好きなアーロンとひとつになれた。そう思うだけで、涙が溢れてきそうなくらいに嬉しい。

実際に、涙が溢れてしまった。

心配そうな顔で、アーロンが身を引こうとする。

「だめ、抜かない、で。このまま、ぼくのなかにいて」

離れてほしくなくて、必死で止めた。

「そうしたいのは山々だが――カナタのなか、キツすぎて、このままじゃ暴発しちまいそうだ」

少し困った顔で、アーロンが囁く。

「いいよ。暴発して」

「いいわけが、あるか。まだ少しも気持ちよくしてやれてないし。根元まで挿れられてさえない」

なにかを堪えるような声で言うと、アーロンは再びぼくから身を引こうとした。

「だめ、抜かないで。アーロンの、ほしい。アーロンの、ぼくのなかで出してほしいよ」

ぎゅ、と腕を掴んでせがむと、どくり、とぼくのなかのアーロンが大きく脈打つのがわかった。

「ばか、そんな可愛らしい声でねだられたら――それこそ、理性が吹っ飛ぶ」

やめてくれ、と言われ、それでもやめられない。

「飛んで、いいよ。アーロンの、ぼくのなかに、ちょうだい」

「っ――！」

どくん、と先刻以上に大きく、アーロンの雄が大きく脈打った。

ぼくのなかを突き破りそうなほど大きなそれが、どくどくと脈打って、劣情を迸らせる。

脈打ち続けるその動きに誘われるように、ぼくの窄まりも、きゅうっと収縮した。

「っ――、カナ、タ。あまり締め上げるな。そんなふうにされたら……っ」

たっぷりとぼくのなかに白濁を注ぎ込んだはずのそれが、再び硬さを取り戻す。

「されたら……？」

ぼくの問いに、アーロンは歯を食いしばるような表情をした後、掠れた声で囁いた。

「止まらなく、なっちまう。カナタを労らなくちゃって思うのに。めちゃくちゃにしたい衝動を、押さえきれそうにないんだ」

苦しげに囁くと、アーロンは再びぼくから、身体を離そうとした。

「止まらなくて、いいよ。ぼくも、めちゃくちゃにされたい。アーロンに、思いっきり求めて欲しいよ」

アーロンの眉間に、ぎゅっと皺が寄る。

「カナタ、お前――。ベッドの上だと、いつも以上に誘惑香が強くなるが、香り以上に、言動が危険になるな」

「危険?」

「ああ。声も、表情も、しぐさも、なにもかも。全力で、俺の理性を破壊し尽くしにかかってるとしか思えない」

苦しげに喘ぐと、アーロンはぼくの唇に、自分の唇を近づけた。

「このままじゃ、本当に理性が崩壊する」

唇に感じるアーロンの吐息が、蕩けそうなほど熱く火照っている。

興奮してくれているのだ、と思うと、全身の血が粟立つほど嬉しい。

「いいよ、崩壊しても。ぼくも、理性なんてとっくに崩壊してる」

そうじゃなきゃ、こんなはしたないこと、せがめるわけがない。

めちゃくちゃにしてほしい、なんて、理性があったら言えない。

「辛かったら、言えよ?」

こんなにも極限に追い込まれた状態でも、アーロンは、とても優しい。

そのことが嬉しくて、ぼくは余計にアーロンのことが欲しくなってしまった。

たっぷり白濁を注ぎ込まれたそこで、アーロンの雄が、先刻以上に硬く、雄々しく膨張しているのがわかる。

「ちゃんと言うから、もっとそばにきて」

めいっぱい手を伸ばして、アーロンを求める。アーロンは、ゆっくりと身体を倒し込むようにして、ぼくのなかに、さらに深く入ってきてくれた。

「っ――！」

ものすごい圧迫感と、激しい熱。

じゅぷり、と先刻以上に恥ずかしい水音が響いた。

「はぁっ……ぅん」

苦しいはずなのに。辛さをはるかに上回る強烈な快感に支配されて、痛みや苦しさはあっという間にどこかに消えてしまう。

「アーロンの、すっごく、きもちいい……どうしよう。また、イッちゃうかも……」

貫かれながら、いつのまにかぼくの分身は、再び熱を取り戻していた。

すっかり天を仰ぎ、はしたない蜜を溢れさせている。

「ああ、いいよ。イッてくれ。カナタが感じてくれているんだと思うと、俺も、すごく嬉しいから」

ぐっと腰を落とし込んだ後、アーロンはゆっくりと雄芯を引き抜く。

「ぁ、ぁ、ぅ、だめ、それ、すっごく、んあぁあっ……！」

突き立てられるときとは違う快感に、びゅるりと尖端から熱が迸る。

達したばかりの身体に、ずくりと埋め込まれた。

「ひぁっ、ん、んっ……あぁっ！」

もう、これ以上の快感なんて、世の中に存在しないかと思ったのに。

それを上回る壮絶な快感が、全身を突き抜けてゆく。

まだ硬さを取り戻していないそこから、とろとろ、とろとろと、透明な蜜が溢れ出す。

「すごく、締まるな。ただでさえキツいのに。カナタは感じると、より強く吸い付いてくる。奥まで引きずり込むみたいに、いやらしい動きをする」

「そんなの、してな……ぁっ！」

言葉では否定するけど、自分でもわかる。

気持ちよくなればなるほど、欲しくてたまらなくなってしまうのだ。

もっと奥まで、思いっきり奥まで突いて欲しい、と、はしたない欲望を止められなくなってしまう。

「ダメだ。カナタ、俺も――イクっ」

びゅるり、とアーロンの熱が爆ぜる。どくん、どくん、と先刻以上にたっぷり、注ぎ込まれているのがわかった。

「アーロン……」

終わっちゃった。少しだけ寂しく思ったそのとき、唐突に、両膝を掴まれた。

「ぇっ、ぁ、んーーっ！」

「ダメだ。カナター──。完全に、理性が飛んだ」

ぐっと膝を折るようにして、腰を浮かされる。アーロンはぼくの尻の下に枕を敷くと、ぼくの身体に覆い被さってきた。

「えっ、ぁ、ぁ、んーーっ！」

さっきまでも、ちゃんと奥まで突いてくれているのだとばかり思ったのに。先刻よりも断然深い場所に、アーロンの雄が突き立てられる。

「ぁ、ぁっ、ゃ、んあぁっ！」

先刻までの優しい突き上げから一転、ベッドが軋むほど激しく揺さぶられ、意識ごとどこかに飛んでしまいそうになる。

ぐちゅり、じゅぷり、と激しい水音をたてながら、抜き挿しされるたびに、たっぷり注ぎ込まれた白濁が窄まりから溢れ出し、どちらのものともわからない雄の匂いが、室内に濃く立ちこめる。

ギシギシと、新調したばかりのベッドが壊れそうなほど激しく揺さぶられる。

「あっ、んっ、やぁっ、イク、イッちゃっ……んーーーーっ！」

もうこれ以上、出すものなんて残っていないはずなのに。

それでもぼくは、再び劣情を迸らせてしまった。

達した直後の敏感な身体を、アーロンは激しく貫き続ける。

アーロンの身体が汗ばんで、今までに嗅いだことのないほど強い香りが、ぼくの脳天まで痺れさせる。

「はぁっ……ぅ、キス、アーロン、キス、して」

頭のなかが真っ白になって、ぼくは必死になって、アーロンのキスを求めた。

噛みつくような、余裕のないキスが降ってくる。

噛みちぎられそうなほどきつく吸われて、ぼくも、負けないくらい強く、アーロンの舌を吸い上げる。

「あっ、ぁ、だ、め、また、イっちゃ……」

もう、何度目の絶頂なのかわからない。

アーロンの背中に抱き縋って、泣きじゃくりながら、アーロンのキスを求める。

「ああ、いいよ。俺も、イク。カナタ、一緒にイこう」

乱れた呼吸。焼け爛れそうな声で囁くと、アーロンはひときわ激しく腰を使った。

「んっ、ぁ、イク、イっちゃ……んあぁぁっ！」

びゅるり、と迸らせた瞬間、ぼくのなかのアーロンも爆ぜるのがわかった。どくどくと注ぎ込まれながら、意識を手放しそうになる。

「アーロン……」

いやだ。もっと、キスしたい。もっと、そばにいたい。

そう思うのに、頭が真っ白になって、なにも考えられなくなってしまう。

「カナタ。愛してる。生涯、大切にすると誓うよ」

薄れゆく意識のなか、アーロンがくれたキスを味わう間もなく、ぼくの意識は途絶えてしまった。

エピローグ

やわらかな朝の光が降り注ぐベッドの上で、目を覚ます。

最初に視界に飛び込んできたのは、純白のシーツ。

いつも、目を開けた瞬間、ここが元の世界で暮らしていたワンルームマンションの一室なのではないかと不安になる。

あるいは病院のベッドの上で、ぼくは長い夢を見ているだけ、とか。

そんな不安とは裏腹に、シーツの次に視界に入ったのは、ぼくを見つめるアーロンの菫色の瞳だった。

「おはよう……。起きていたなら、起こしてくれたらいいのに」

宮廷で暮らし始めて、一週間が経った。

毎晩激しく求め合い、ぼくは意識を失うように爆睡してばかりだ。

この世界には目覚まし時計がないから、自然に目が覚めるまで、ずっと眠り続けることになる。

「『新婚だから』と朝の公務を免除して貰えるのは、今日で最後だからな。最後くらい、ゆっくりとカナタの寝顔を眺めていたかったんだ」

にっこりと微笑むアーロンの笑顔に、思わず見蕩れてしまいそうになる。

ダメだ。ここでキスしたら、朝から止まらなくなって、昨晩の続きをすることになってしまう。

「うーん……。その『免除』って、たぶん、子作りのためだよね？　男同士だと、子どもができるわけじゃないし。本当は公務の免除も不本意なんじゃないかな」

アーロンのことを子どもの頃から知っているという片眼鏡の宰相(さいしょう)の生真面目そうな顔を思い出し、ぼくは思わずぼやく。

「別に、子作りだけが王の務めじゃない。というか、王家の血筋を引いていなければ君主になれないこと自体、おかしな話だろう。王の血を引いているからと言って、国を統べるのに相応しい人間が生まれるわけではないことは、先代の国王やライゼルの暗君ぶりで、国民皆に周知されたと思うのだ」

ぼくの暮らしていた世界では、国のトップを、国民が直接選ぶ国も多かった。

そう教えたせいだと思う。アーロンはこの国を、『王政』ではなく、民の選んだ者に任せたいと考えているらしい。

「次の議会で提案してみるつもりだ。そうすれば、カナタ以外の者を側室に置いて、子を作らなくてもよくなる」

国王である以上、妾を迎えて子を作るべきだ。

皆から向けられる期待に、アーロンは応えないつもりなのかもしれない。

「んー、でも、アーロンの遺伝子をこの世に残せないのは、ちょっともったいない気がするな」

思わずぼやいたぼくの鼻の頭を、アーロンは、かぷ、と軽く甘噛みした。

「カナタは、自分の血を引いた子が欲しいのか」

「自分の血を引いた子は、別に欲しくないかな。アーロンの血を引いた子なら、きっとすごく可愛いから、会ってみたいなーって思うけど」

くしゃり、とアーロンの大きな手のひらが、ぼくの髪を撫でる。

「俺は、カナタ以外を抱く気はない。架空の子どもを脳内で可愛がる暇があったら、そのぶん、もっと俺のことを可愛がれ」

少しすねたような口調で言われ、ぼくは思わず噴き出してしまった。

顔だちは精悍で、ものすごく男らしいのに。アーロンは、時折たまらなく可愛らしいことを言う。

「後悔、しない？」

「しないな。こんな厄介なものを、これ以上、誰にも背負わせたくないのだ」

アーロンは自分の背中に入った大きな入れ墨を顎で差し示し、そう呟いた。

『徳を積むことによって、少しずつ成長してゆく入れ墨』

それは、君主に相応しい人間を選ぶツールであるのと同時に、王位継承者に『規範』を強いる『枷（かせ）』でもある。

アーロンは、同性であるぼくへの恋情が、王である『資質』に反するものであると判断されるのではないかと、不安に思っていたようだ。

「でも、全然、ちいさくなってないよ。むしろ、成長してる気がする」

これ以上入れ墨が大きくなったら、背中を全部覆い尽くされてしまうのではないかと心配になるくらいに、アーロンの背中の入れ墨は、とても立派に成長している。

この一週間、アーロンが民のために、国の立て直しに尽力しているからだと思う。

もし、アーロンが本当に子を持たなかったら、どうなるのだろう。

アーロンの代で、『王太子の種』の風習は終わる？

それ以外の方法で、王位を決めることになるのだろうか。

「周りに反対されるかもしれないけど。俺は、カナタだけを愛し続けると誓うよ」

ぎゅっと抱きしめられ、頬にくちづけられる。

くすぐったさに身をよじりながら、ぼくはアーロンの大きな背中を抱きしめかえした。

身支度を調えて部屋の外に出ると、ベイルたちドワーフが勢ぞろいしていた。ドワーフだけじゃない。宰相をはじめ、アーロンに近しい人たちも、たくさんいる。

さらに、なぜか王宮にいるはずのない、ルキアまでいた。

「みんな揃って、どうしたんですか？」

怪訝に思い訊ねたぼくに、ベイルは白い花びらのシャワーを降らせた。

「わ、なに⁉」

「結婚式、『民の税を使うわけにはいかないから』ってことで、自粛したんだろ。俺ら有志が小銭を出し合って祝うぶんには、問題ないよな」

ベイルの言葉に頷いて、ルキアがにっこりと微笑む。

「ぼくを差し置いてアーロンを射止めるなんて、正直腹立たしいけど。相手がカナタなら、祝わないわけにはいかないもんね」

そう告げた後、ルキアはぼくの耳元に唇を寄せて囁く。

「カナタ、二人だけの夜がマンネリになったら、いつでもぼくを呼んでね。三人でたっぷり楽しもう」

「カナタにおかしなことを吹き込むな！」

アーロンが素早く、ぼくからルキアを引き剥がした。

ベイルの隣に立つ厳めしい顔をした宰相が、こほん、と咳払いし、アーロンにちいさな箱を手渡す。

「王家に代々伝わる、婚姻の証しです。陛下の、お父さまとお母さまがつけられていたものですよ」

アーロンがちいさな箱を開くと、そこには二つの指輪が鎮座していた。

「サイズはお直しさせていただきました」

「え、いつの間に!?」

指のサイズを測られた覚えなんかない。いったいいつ、測ったのだろう。

「お前たち……。カナタとの結婚を、祝福してくれるのか」

アーロンの言葉に、宰相は重々しく頷いてみせる。

「陛下のお選びになった方ですから。心より祝福させていただきたいと思います」

本当は、国王陛下に同性の配偶者を迎えることに、葛藤もあったのだと思う。

それでも――皆、暖かな眼差しで、ぼくとアーロンを見守ってくれている。

「早くカナタにつけてやれよ」

ベイルに急かされ、アーロンはぼくの足元に跪く。

「カナタ、私の伴侶として、末永く共に人生を歩んでくれ」

冷たい指輪の感触が、指に触れる。

この世界でも、誓いの指輪は左手の薬指にはめる習慣らしい。

指輪をしたことがないからわからないけれど、この指が、いちばん邪魔にならないのかもしれない。

別に、結婚式なんかしなくてもいい。

指輪や宝飾品なんか、なくてもいい。

そう思っていたけれど、実際にこうして、アーロンの両親がつけていた指輪を、一緒にはめることになると、じわじわと嬉しさがこみ上げてくる。

「ありがとう、アーロン」

アーロンの真似をして、ぼくも跪いてアーロンの指に、指輪をはめる。

すると、その場にいる皆から、拍手と歓声が沸き起こった。

「おめでとう、カナタ！」

「おめでとう、アーロン！」

「おめでとうございます。レオンハート陛下！　カナタ殿下！」

再び花びらのシャワーが舞って、ぼくとアーロンの頭上に、はらはらと舞い落ちてくる。

「本日は特別な朝食をご用意しております。どうぞ、ダイニングルームへ」

アーロンがこの城にいた頃から働いていたという年配の侍女が、うやうやしく頭を下げる。

「王宮の厨房を借りて、俺たちが作ったんだぜ。カナタとアーロンの門出を祝う、特別なごちそうをな」

ベイルが得意げに胸を張る。

「それはありがたい。宮廷の料理はどれも美味だが、そろそろ味つけの濃い、庶民の味が恋しくなっていたんだ」

アーロンが心底嬉しそうに、顔をほころばせる。

「だろうと思ったぜ」

ニッと笑って、ベイルが答えた。

「じゃあ、カナタ、行こう」

アーロンはそう言って、唐突にぼくを抱き上げる。

「えぇっ。ちょっと待って。なんで、お姫さま抱っこ!?」

いきなり姫抱きにされ、戸惑うぼくを、アーロンはぎゅっと抱きしめる。

「今すぐベッドに戻りたい気持ちでたまらないが、さすがにまずいだろうからな。せめてスキンシップくらい取らせてくれ」

そんなわけのわからない理由で、ぼくは姫抱きのまま運ばれる。

向かった先、宮廷のメインダイニングには、たくさんの侍女や官吏たちの姿があった。

皆、口々に祝いの言葉を向けてくれる。

「レオンハート陛下、おめでとうございます！」

「カナタ殿下、おめでとうございます！」

聞き慣れない敬称にくすぐったさを感じながら、ぼくはアーロンの隣の席に着席した。

「それにしても、すごい量のごちそうですね」

テーブルいっぱいの料理に驚いたぼくに、ベイルが答える。

「庶民風に祝うなら、主役の二人だけでなく、二人を祝う参列者も、皆が一緒にごちそうを楽しめるほうがいいと思ってな」

「なるほど。そういう意図なんですね！　すごくいいと思います」

国王陛下と宮廷で働く人たちが一緒に食事を摂るなんて、たぶん、普通の宮廷ではあり得ないことだと思う。

だけど、アーロンには、それはすごくよく似合うと思う。

皆と喜びを分け合う。

それが、彼にはとてもよく似合うのだ。

「恐れ多すぎて、いただけませんよ……！」

家臣や侍女たちは、そう言いながらも、ベイルに料理を取り分けられると、おずおずとそれを受け取る。

「ベイルの作る飯は、やっぱり旨いな」

食前の祈りを捧げた後、焼きたてのミートローフを口に運んだアーロンが、嬉しそうに目を細める。

「城の外では、レオンハート殿下も、こんなに庶民的な料理を召し上がっていたのですね……」

感慨深げに、家臣の一人が呟く。

「ああ、飢え死にしそうになっているところを、ドワーフのベイルが救ってくれたんだ。特別な日には豪勢な宮廷料理もいいが、今後は、日々の食事は庶民と同じものを食べたい。そうすることで、食費を抑えられるだろう？」

「そ、それは……」

「別に、宮廷料理人をクビにするわけじゃない。手の込んだ料理が必要なくなって時間に余裕ができるのなら、お前たちの食事を作ってもらえばいいじゃないか。毎日、わざわざ外に食べに行っているのだろう？」

「そ、そうですが、そういうわけには――」

戸惑う家臣に、アーロンは、にっと笑顔を向ける。

「食事だけじゃない。少しずつ改革していきたいんだ。王は特別な存在じゃない。重税で民を苦しめてまで、贅沢な暮らしをするのは、俺の代でやめにしたいんだよ」

きっぱりと言い切ったアーロンに、宰相や老侍女が瞳を潤ませる。

「レオンハート陛下。本当に、立派になられて……」

堪えきれず、宰相はハンカチで目元を押さえる。

「よし、俺らもいただくとするか」

ベイルたちが食事に加わる頃には、宮廷で働く人たちも、少しずつ緊張がほぐれた表情で、食事を口に運び始めた。

そこかしこから、アーロンの無事と成長を祝う声が聞こえる。

一国の主の行う結婚式とは、随分違う形だけれど、それでも皆が心から祝福してくれているのが、皆の笑顔や温かな声から、ものすごく伝わってきた。

「アーロン、いや、レオンハート陛下は、皆に愛されているんだね」

「俺だけじゃない。お前のことも、皆、たくさん愛してくれるさ」

優しい笑顔で、アーロンがぼくを見つめてくれる。

さすがに、食事の最中にキスを交わし合うのはマナー違反だと思う。

だから、ぼくとアーロンは、テーブルの下で、こっそりと手を繋ぎ合った。

ぼくの薬指にはまった指輪に、アーロンがそっと触れる。

「カナタ、ずっと二人でいよう。二人だけで、いよう」

アーロンの囁いてくれたその言葉に、ぼくまで堪えきれなくなって、少しだけ嬉し泣きしてしまった。

あとがき代わりのおまけSS

アーロンと共に王宮で暮らし始めて、一か月が経った。王宮での暮らしは慣れないことばかりだけれど、そのなかでも一番戸惑うのは、周囲から『王配殿下』と敬称つきで呼ばれることだ。

「王配殿下、お食事の用意が調いました」

侍従に声をかけられ、ぎこちなく笑顔を返す。カナタって呼んでくれればいいよ、と言いたいところだけれど、多分、どんなに頼んでも、呼び方を変えてはもらえないと思う。

ダイニングに行くと、アーロンがすでに着席していた。忙しいだろうに、アーロンは可能なかぎり、ぼくと一緒に食事を摂るようにしてくれている。

「レオンハート殿下。お疲れさまです」

アーロンではなく、『レオンハート殿下』と呼んだぼくに、アーロンは少し不機嫌そうな顔をした。

「その呼び方、なんだか他人行儀な感じがして、あまり気分がよくないな」

拗ねたような表情が、少し可愛い。

「わかってるけど。ぼくが『アーロン』なんて呼び続けたら、周りの人が混乱するよ」

アーロンという名前は、彼が王宮の外で身分を隠して生活していたときに使っていた偽名だ。ぼくにとっては馴染みのある名前だけれど、王宮にいる人たちからしたら、不自然な呼び方だと思う。

食卓の上には、彼が指示した通り、国王のための料理とは思えないような、庶民的な料理が並んでいる。日々の食事を庶民と同じものにして、浮いたその分の予算は宮廷で働く人たちのためのまかない代にして欲しい。その提案は、ちゃんと取り入れられているのだ。

「宮廷料理人の作る料理も、だいぶそれらしくなってきたが、やはりカナタやベイルの作るものと比べると、上品さが抜けていないな」

鶏肉の煮物を食べながら、アーロンがそんなことを言う。

「んー、でも、これはこれでありかも。庶民的な料理を、物凄く丁寧に、ハイレベルに仕上げてくれてるんだ。こういうお店があったら、凄く繁盛しそう」

たとえて言うならば、手間暇惜しまず、丁寧に作られた洋食。献立自体は、馴染みのあるものばかりなのに、玄人らしさに溢れている。

「今夜は、この後、何の予定もないんだ」

そんな風に言われ、びくっと身体がこわばる。

お前の部屋に行くから、ゆっくり抱き合おう。このセリフに込められた意味は、多分、そんな感じだ。

「う、うん……」

「なんだ、嫌なのか」

「嫌じゃ、ない。けど…」

ちょっと恥ずかしいだけ。最後まで言う前に、テーブルの下、さりげなく太ももに触られた。

食事が終わるなり、部屋に連れ込まれた。会話を交わすのもそこそこに、ベッドに押し倒される。

「ちょ、ちょっと。アーロンっ……」

ズボンを脱がされ、愛撫もなしにあてがわれた。

「夜伽(よとぎ)の最中は、ちゃんと名前で呼んでくれるんだな」

嬉しそうにニヤリと笑って、アーロンはぼくの窄まりに潤滑剤を塗って、強引にねじ込んでくる。

「っ――――!」

互いに上半身は服を着たまま。あまりにも性急過ぎる行為に、呆れてしまいそうだ。

「仕方がないだろう。二日も、ここに来られなかったんだから」

二日も、って。もう結婚して一か月も経つのに。二日空くだけで、こんなにがっつくなんて、どうかしている。

「二日しか、経ってないのに…んっ!」

びくんと身体をこわばらせたぼくのうなじに、アーロンは食むように口づける。

「ほら、二日も間が空いたから。ここがキツくなってる」

ズンっと最奥まで貫かれ、腰を逃せないように、がっちりと抱え込まれた。

「ぁ、ぁ……、だめ、アーロンっ……!」

ぼくが彼の名前を呼ぶと、アーロンは心底嬉しそうな顔で笑った。

「やっぱり、その呼び方がいい。カナタはベッドの上では、その名でしか呼ばないからな。ずっとこうしていれば、この名で呼んでくれるってことだろ」

ギシギシと壊れそうにベッドが軋む。アーロンはぼくの左右の足を己の肩に担ぐようにして、さらに深く根元まで突き立ててきた。

「んあぁあっ……だめ、アーロン、イっちゃうっ……んーーーっ！」

びゅるりと己の劣情が爆ぜたのと同時に、体内に熱いモノを注ぎ込まれる。

意識が遠のきそうになりながら、ぐったりと脱力すると、キスの雨が降ってきた。溺れそうになりながら、「アーロン……」と掠れた声で名前を呼ぶ。

「行為の後の、蕩けそうに甘い声でその名を呼ばれるのが、なによりも嬉しいんだ」と耳元で囁かれた。一日の最後に欠かせない、俺の大切なデザートなのだ、と。

だから余計に、皆の前でこの呼び方をするのは恥ずかしいんだよ、とぼくは心のなかで、そっと呟いた。

＊＊＊

最後まで読んでくださって、ありがとうございました！

久々のBL作品、今回も楽しく書かせていただきました。鈴倉温先生のすてきなイラストのおかげで、とっても可愛い本になりました。どうか楽しんでいただけていますように。

川崎かなれ

セシル文庫をお買い上げいただき、ありがとうございます。
この本を読んでのご意見・ご感想・ファンレターをお待ちしております。

☆あて先☆
〒154-0002　東京都世田谷区下馬6-15-4
コスミック出版　セシル編集部
「川崎かなれ先生」「鈴倉 温先生」または「感想」「お問い合わせ」係
→EメールでもOK！　cecil@cosmicpub.jp

モブなのに、愛(あい)されフェロモンのせいで異世界(いせかい)の王子(おうじ)に求婚(きゅうこん)されています

2024年7月1日　初版発行

【著者】　川崎(かわさき)かなれ
【発行人】　佐藤広野
【発行】　株式会社コスミック出版
〒154-0002　東京都世田谷区下馬 6-15-4
【お問い合わせ】　-営業部-　TEL 03(5432)7084　FAX 03(5432)7088
-編集部-　TEL 03(5432)7086　FAX 03(5432)7090
【ホームページ】　https://www.cosmicpub.com/
【振替口座】　00110-8-611382
【印刷／製本】　中央精版印刷株式会社

乱丁・落丁本は、小社へ直接お送り下さい。郵送料小社負担にてお取り替え致します。
定価はカバーに表示してあります。

ISBN978-4-7747-6573-0 C0193